空際の帝國
shizudori hara

空虚の帝国

葉良沐鳥

「空虚は、実体全体にその虚無化の感染を運ぶ絶滅の因子〔配達者〕である」

（ガストン・バシュラール）

The Tokyo City
The Shinbashi Outside Free Market
Matsuda-Gumi. Atago-P.S
関東松田組

戦後の闇市

目次

I. どこにもない〈和〉

臙脂色【えんじいろ】

顔料の臙脂の色を黒みがからせた真紅色

Crimson Red

青鈍【あおにび】

灰色を基調に藍を淡く重ねた青みの暗い灰色

Steel Gray

青幻舎『和ごころ素材集 江戸の文様と伝統色』より

第一章　日本幻想

一．太平洋戦争敗戦と戦後敗戦

二〇二〇年二月に『ナショナル・ジオグラフィック』日本版が米国本誌のアーカイヴを元に組んだ特集「日本の百年」は、どれも秀逸な企画だった。なかでも「戦中戦後の日本を米国人記者はこう見ていた」という記事（無署名）からは、太平洋戦争より遥かに前から米国人ジャーナリストたちが実に鋭く日本人の大衆心性を見抜いていたことが分かる（日本人は自己分析が苦手だ、だからケジメをつけられない）。また日本から見た場合は敗戦後となるが、日本人がいかにその全体主義的な集団心性により素早く大きく舵を取ったか、ほとんどレヴォリューションの半分、つまり九十度変わったか、その原因についてもたいていの日本人よりよく論理的に戦勝国が理解していたことが分かる。ひとことで言えば、日本とは、そして日本人とは〈空虚〉で実体（essence）をもたない。受け容れるだけの空箱であるから、いかなる属性をも状況に応じて身につける。しかし、その「統率者など必要としない自発的な全体主義の心性」だけは変わらない。

この記事は、また特集全体も、日本人なら一度は読むべきである。とりわけ、ネトウヨと呼ばれようと呼ばれまいが、自覚をもとうともつまいが、「ニッポンサイコー」と思っているようなここ三十年の奇妙なナショナリズムの風潮の極まりを体現している者たちは読むべきである。そもそもナショナリズムとは、不景気から生まれた民衆の不機嫌を為政者がマスコミュニケーションを用いて〈外〉に敵意を向けさせることにより生まれる直情的な情念であり、歴史上これが繰り返されてきたこと、つまり自分たち民衆が利用されてきた反復の歴史を知るべきである。理性的な判断が自己と国を救う。

たとえばわたしは韓国団体による「従軍慰安婦像」の各国都市への配置とそのことを外交問題と捉えないできた韓国の政府数代の政策には、そもそもから反対である。しかしそこで、なにも解決の道を探ってこなかった日本の与党歴代政権をファナティックに支持するとは、あまりにも非論理的な話である。ナショナリズムは小さな悪に夢中になり大きな悪を見逃し大局的な視点を失わせる。そうして是々非々で個別の事柄の正と偽、善と悪の判断ができなくなる。ここで語っている「べき」はドイツ語のゾーレン、カント哲学での「自由」の本質を意味する。その自由とは「正しく道徳的に正義に適ったあり方でなにかを選択できる」という理性をもつ人間ならではの自由である。おそらくあなたたちが考えている自由とは大きく異なる。あなたたちの自由には規範がないからである。規範や行動の指針がないフリーダムが自由であること、なにごとにも拘束されていない自由と思いがちである。ほんとうにそれが自由なのであろうか。自分の頭で考えて意見をもったり行動したりすることと、聞きも考えもしないこととどちらが自由なのであろうか。そもそも法治国家である以上、法律には従わなければならない。個々の法律の正しさについてその是非を考えてみたことがあるであろうか。正しくなくとも法律には従わなければならない。しかし、考えて従うことと考えずにただ従うこととではどちらが自由なのであろうか。社会で生きる以上ひとりで生きることはできない。共同で生きるためのルールをつくることから法律は始まる。社会にいながらすべてが自分の思い通りの自由と考える者には、「他者」がいない。他者がないだけに自己の芯がなく、風潮に流される。ひとに決めてもらったことに唯々諾々と従うことになりがちである。自ら考え行動し規範を立てることができなくなってしまう。自己により合理的な判断ができないエゴの塊となってしまう。合理的でないとは、感情に流されやすいことでもある。感情に流されて、ほんとうは自己にとってなにが有益なのかを見失うことでもある。そうして真の敵と味方とを見誤りながら生きることになる。多くの日本人はこの罠に陥りがちである。

最初に言及した記事に戻れば、この記事は構成も優秀である。戦前の米国人による日本理解についての同記事は、次の米国本誌記事の引用から始まる。

> 日本人女性の和服には自然の趣が感じられる［……］しかし、詩人たちは女性を称賛する以上に、美しい景色や自然の造形美を詩に詠んできた。雲や霞、曙や夕暮れの輝きが生き生きと詠われる。西洋とは異なり、日本の文学、美術、言語に、自然を擬人化した表現はめったに見られない。それでも、日本人はあらゆる自然に何者かが宿って、美しい山々には神々がすむと考える。

明治時代までの、またその名残があった昭和時代までの、日本人と自然との交流についてこれほど適確な要約はそうあるまい。戦後ジャパノロジー（日本文化思想学）が、米国の大学で盛んに展開され、文学研究も量として膨大なものとなったものの、引用した一九三三年の記事よりも一歩も本質の理解を前進させたとは思わない。その上に、日本人自身が、このような伝統的な日本の文化やことば、習俗を忘れてしまった。

太平洋戦争開戦から一年、ウィラード・プライスが同誌に寄稿した記事。ここに見られる日本人の意識や行動の認識、これは、わたしが十代の終わりになにかおかしいと違和感をもち、卒業論文で日本人のおかしさをテーマとし、日本人自身としてその後数十年をかけて断続的に考えたり調べたりしながらも、変えることのない見解の一部にして本質にほかならない。ちなみに二十歳になろうかという頃にわたしが感じた「おかしさ」とは、朝のワイドショーで目にした光景だった。米国人であったかヨーロッパ人であったかを思い出すことはもはやできないが、ネグロイド（黒人）ではないコーカソイド（白人）の三、四歳の少女が家族とともに転勤で日本にやって来て、幼稚園のモンゴロイド（黄人）同級生たちから連日「サイン（autograph）」を求められるほど歓迎されているという「ニュース」だった。画面にはジャングルジムとブランコの間の広場に、水色のスモック姿の男女の幼児たちが群がり並ぶ姿が映し出されていた。

さて、プライスの記事はつぎのようなものである。

日本人の強みの一つは、人命軽視である。日本人は国のために死ぬことに価値を見いだす。彼らは子供の頃から、個人の存在はさほど重要でないと教えられ、集団行動を好み、チームワークに優れている。日本には支配者などいず、集団のルールがすべてだ。

「人命軽視」の強みということで言われているのは、「特攻精神」のことである。爆弾を積んだ戦闘機や魚雷艇に乗り、太平洋戦争の敵国である米国軍の空母や戦艦に突撃する。運が良ければ撃墜や撃沈されることなく敵艦に命中して少々のダメージを与え、自らは花と散る。花と言っても、大多数の特攻兵は「やりたくない」、「莫迦《ばか》らしい」と思っていたのである（運良く生還した元特攻隊員たちが存命のうちに生の声を集めたリサ・モリモト監督『TOKKO 特攻』〔Wings of Defeat〕、米日、二〇〇七、は日本人ならば観るべきである）。思っていながらも、やらざるを得ない。逃亡兵となれば、故郷の実家は村八分にされ、日々「非国民」と罵られたり壁に落書きなどの嫌がらせを受けたりしながら、班長に罵られ殴られ、酷い目を見て生きることになる。自分も日々、軍曹や伍長から、万歳突入の精神教育を暴力で叩き込まれている。誰もが嫌なのに嫌と言えない風潮が蔓延してがんじがらめとなっている。しかも、この「お国のための特攻」の指令が発せられた大元は定かではない。そうだろう、そういうことだろうと思いながら、上官が言わなくとも下士官が勝手に「命令」として規律を維持する。軍の正式な命令がなくても班長が住人を指導する。

この太平洋戦争末期の特攻の時期に大本営が作戦として行っていた戦術のもうひとつは、「風船爆弾」である。風船がうまく気流に乗れば、米国西海岸のサンフランシスコやロサンゼルスに達して爆発することもあるだろう……。いまの人間が振り返れば笑い話としてしか受け止められない。しかし当時ではこれが参謀本部の「戦略」であり、誰も異議を唱えられない。集団自殺への道を誰も止めることができない。戦略などあるようで実はなかったのである。これ以上の〈空虚〉があるだろうか。そして令和二年のいま、このCOVID‐19による世界パンデミックの大騒動のなか、自公政府と行政、東京五輪組織委員会と東京都知事は、それでも一年間延期した東京オリンピック&パラリンピックを「固い決意で実行する」と特攻精神を国民に求めている。「命よりたいせつなものがある」と国民が思い込めば良いなとまるで風船爆弾のサンフランシスコ到達のように期待している。これがプライスが記事で言う「人命軽視」の正体である。

もうひとつこの記事について名指しされた本人の一として注釈を加えさせてもらう。日本人はひとりひとりが警官であり、他者を監視し、率先して通報する構えでいる。これは社会の市民同士の紐帯を大事にするフランスを初めとする欧米型社会と著しく性質を違える。誰が為政者になろうとも、従おうとする。率先して、支配され、支配に協力しながら、相変わらず「外国」は友人や敵ではなく、カテゴリーを超えた存在、なによりも日本を愛するものであって欲しいと願う。根底からして全体主義になびきやすい。共産主義型全体主義にならず、ファシズムとなり、現代では「経済繁栄」を紐帯とする民主・資本主義型全体主義となろうとしているのはただの歴史の偶然であり、いかなる全体主義にもなびいたことだろう。しかも「経済大国」とはすでに遠い過去の話であり、十年後の日本はGDPの世界ランキングの十位から落ちようかといったところである。ほんとうに幸福で安定した社会とはなにかを理解して、それがＧＤＰの数字でないことに気づいて、いますぐに社会モデルの転換を始めなければ、世界に誇る貧困過労社会として悲惨な運命をたどることとなるだろう。

二　支配へのファナティックな愛

支配者を熱烈に愛する。たとえば、つい先日のこと、広島原爆投下の追悼祭に際して、ロシア政権が、広島・長崎へ原爆実験のためにむごたらしい核兵器使用を実行した戦争犯罪を非難するとの声明を出した。原爆投下など、世界史上なかった類の不要であるのに必要以上の大量殺戮を残忍な方法で行った例外である。当然の声明と思えば、Ｙａｈｏｏ！掲示板（ＪＰ）では、「日ソ不可侵条約を破って参戦したオマエが言うな」、「共産主義こええ」といったコメントばかりであった。

広島・長崎で犠牲に合い、いまも二世、三世として被害にあっている同胞、その同胞にことばを向けてくれたのだから涙してありがたく思うのかと考えたわたしが浅はかであった。日ソ不可侵条約を言うならチャーチルにも言及せよであるとか、日本とソ連との国際法違反の度合い、ソ連からと米国からとの被害の規模、ソ連とロシアは違う、等々指摘したいことはたくさんあるけれども、そのようなことはどうでもよい。

なぜ、頼まれてもいないのに、まるで投下した米国を代弁するようなことを自主的にがなりたてるのか? これが問題である。北方領土についてもの言うならば、サンフランシスコ条約締結の経緯を一度は学ぶべきであるが、ここではただシンプルに北方領土返還に関して言うことにしよう。これまでに少なくとも二度は二島返還の決定的好機があった。最後の機会は第四次安倍晋三政権下のことであった。これを撥ね付けた以上、おそらくもうチャンスはないであろう。自民党歴代政府・与党と外務省は、四島返還が原則であると主張しつづけてきたが、それが無理なことは当人たちが一番よく分かっているはずである。当初は米軍の日本駐留問題があり、不毛なうわべだけの返還運動をつづけている間に、北方四島にはそこで生活をしているひとびとが再生産されてきた。現実問題として、北方領土返還を望むひとびとは、ゼロよりも二島の方が利となるとは考えないのであろうか。また北方領土とは無関係に、ロシアによる原爆投下へのメッセージを受け取ることができないのであろうか。できないのである。是々非々でものごとを考えられないことこそが日本人の習性であるからだ。

敗戦後(米国から見れば戦勝後)の米国のプロパガンダは実に見事であった。そもそも戦中から、プロパガンダにかけて、日本は、ナチス、米国、英国、フランス等の比でなかったし、国民党中国にも大きく遅れを取っていた。しかもそれだけではない。強い者、自分を支配する者の考えを忖度し、率先して自主的に親分にケチをつけた野郎に吠える、つまり飼い犬、番犬、あるいは侍従的性質が、日本人の大衆心性の根底にある。

もう一点のプライスの見解への注釈は、戦中はそうであったが、実際には厭々の特攻、厭々ながら抗わないというのが事実である。戦後は、まず自分の家庭、家庭ではまず自分、とエゴイズムが明らかとなる。現代は、ウヨクと言われるなんちゃってファシズムがはびこっているものの、勇ましい言を弄している輩の悉くが、「戦争だ！　お前が行ってこい、俺は嫌だ」と、自分自身の命を最大限に尊重しているのが、現代の日本人である。憲法も法も、基本的人権ですらなくていいと彼らは言う。それが回り回って自らの生命を奪ったり、自らの不利益になったりする論理的帰結まで残念ながら頭が回らないのである。

明治維新により西洋人〔離散居住となった現在、当然アフリカ人も含む〕を知ってからというもの、多くの日本人、庶民にとり、この西洋人（「南蛮人」）とは米国人のことであった。英国人やフランス人を見ても、米国人だと信じたのが昭和までの時代であった。

米国は、日本にとり特別な存在であった。しかしそれはなによりも経済協力、またサブカルチャー等の結びつきであり、明治維新以前の中国（唐）ほどには、特別な国、つまり中国とそれ以外（諸々あるらしい外国）というつながりではなかった。いずれの場合も、中国、米国が支配国であり、日本はうまく立ち回るアルルカンのような侍従である。

唐や南蛮という言い方もあいまいで、唐は中国だけではなく、「唐ゆきさん」の使用例のように中国の支配圏内にあった南シナ海までの東南アジアを指していたことは確実で、その先の南は想像の世界でしかなかったのであろう。それが南蛮である。

ともかく、日本という国なのかひとびとなのか、日本というものは、あいまいでケジメなく全体主義である。

三．日本幻想／ヨーロッパ幻想

景気の行き詰まりに社会階層の膠着と、世界全体に元気のない時代である。無理矢理にでも現代の秩序を維持しようとする力が虚しく空回りしている。なかでも日本は突出している。実体を欠いた空疎なイメージと掛け声だけが虚ろに反響している。このことについては、「どこにもない〈和〉」の中心テーマとして、築地市場移転問題（平成二十二年－平成三十年）と東京五輪（二〇二〇年〔令和二年〕→二〇二一年〔令和三年〕）開催問題の話題を後から考察することとしよう[二]。

国の内と外とでの誤解ゆえの評価は、世界での〈和〉のブームと国内のＮＩＰＰＯＮ熱の非対称性にも表れている。明治維新後、そして太平洋戦争敗戦による米国統治以降、「脱亜入欧」を文字通りに信じ込む日本民衆が増加すること自体が、おそろしく非現実的な怪物（キマイラ）幻想である。地理的にも歴史的にも、また民族的にも、わたしたち日本人は当然のことながら東アジアの一国の住民であるのに、「アジア」と言いながら米国や西欧の視点から他のアジア諸国を見る知識人も多数いる。同時に日本風の「不良」や「ツッパリ」はヒップ・ホッパー化するなど大衆も同様に勘違いなさっている（米国だけでなく世界中で奴隷船によりディアスポラの状態となりキリスト教に改宗したアフリカ系人たちが受けた悲痛な体験をもたない者たちによる「カタチ」であり「ミタテ」である）。「ブュシュ・ド・ノエル」にありがたやと群がる「オトナ」も同様である。

他方で西欧のひとびとは、オリエンタリズムのなかでもこの国の文化、あるいはジャポニズムから「クール・ジャパン」までの文化芸術に引き摺られてこの国やこの国のひとびとまでの全体的なイメージを現実よりひときわ高く評価する。日本通である者ほど、「汚点」は見ずに否認する。

この関係は、呼応するかのようでありながら実のところ相互に認識がずれているから成り立っている文化上の盲目《ブラインドネス》の〈相思相愛〉の幻である。

明治維新により、オリエンタリズムとオクシデンタリズムによる相思相愛の行き違う幻想が生じる。令和の時代になっても、日本人が「アジア的」と言うときの「アジア」の意味を筆者はよく理解していない。少なくともそこに西アジアは入っていない。東南アジアと東アジアを中心とするならば地理的にそのようなこともあるだろうけれども、かくいう東アジアの一国の人間が、東南アジアを旅して「アジア的だ」と言うことばにはどのような意味が含意されているのかよく分からない。日本をどの地理に位置づけているのかもよく理解できていない。

開国[三]から百五十年を経た今でも「親日（派）」だの「知日（家）」だのと幼児による自己承認願望[四]を露呈させているこの国では、実際のところひとびとの意識はまったく開国されずに、国は世界社会のなかの孤絶した村社会である。

福島第一原発事故による放射性物質汚染水を各国に繋がる海に垂れ流すなど子どもの甘えのように勝手ばかりをするこの国は、なぜ当の日本人でもくすぐったくなるような的外れな賞讃を受けるのだろうか。そして西洋諸国に礼賛されることをこよなく喜び、外国チームに移籍したスポーツ・プレイヤーの試合を追いかけて中継をしては応援をしているのであろうか。

二〇一一年末に南極の果てにまで放射能汚染物質が及んでいることが確認された折より、とりわけ西欧では怒りと反発の声が上がったが、それは欧州の近隣諸国、歴史上の兄姉たちに向けられるフランクな抗議ではなかった。食物の汚染を心配する母親は、日本だけにいるのではなかった。しかし日本は遠い国であり異文化であるから、すでに礼儀作法の成熟した国々の市民は遠慮し、節度を保ちながら怒りを静めたのだろう。怒りの理由のひとつには、当の日本からの情報がまったく入ってこないことへの苛立ちがあった。反対に、日本に生きるひとびとが、自分たちが世界から反感を受けていることを知らずにいるのは、そのことが日本語の報道機関ではいっさい触れられることがなかったからでもある。

さて日本を賞讃する幻想には大きく分けてふたつの種類がある。

A　西欧を中心とする、東洋美術の再発見によるジャポニズム以来の〈文化〉に対する憧憬、高評価、及び日本人は礼儀正しい等々の誤解。「距離の効果」とも呼ぶことができる。

「茶」、「禅」等のミステリアス、異文化の隔たりが生む神秘の効果（→「異文化効果」としておこう）。《KIMONO》、《SUSHI》等のエキゾティシズムつまり異文化趣味であるが、異文化趣味の者はたいてい流行のなかでも先頭を行き「新しいもの」を取り入れる。そこに豆腐や玄米等の和食に特徴的な低カロリーだけではない、繊維質や良質のたんぱく質、ミネラル、鉄分や摂取しにくいヴィタミン（A、B1、B2、B6、B12ほか、D、E、K）、発酵食品の健康への働きが加わり伝播し流行する。ほぼ醬油と味噌、塩だけの味付けでこと足りるとする和食は、もちろん味覚の面でも新鮮で、美食家や流行好きを満足させることだろう。これらを考えれば、和食の世界的流行は、世界のひとびとの多くが生活様式とりわけ食事様式に由来する成人病に悩む〈後期近代〉の行き過ぎと無関係ではないと推測される。

Ｂ　いわゆる旧発展途上国や東南アジアの日本にとっては政治・経済・軍事戦略地域の小国（つまり三項のうち二項目は米国にとっての）、また「東側」旧ソヴィエト連邦影響下共産主義諸国に見られる、日本からの国家や私的財団、企業による大規模投資によりインフラ整備や文化遺産の保存、学校開設等の事業を実現したことからの「親切な日本人と日本国家、立派な経済大国、自分たちも真似したら遂げられるかもしれない奇跡的な高度経済成長……」との無垢な幻想。

〈政治経済〉のビッグ・パワーに物言わせての「提喩（シネクドキ）効果」（一部で全体のイメージを代行させて呈示する）。一端を見て全体を悪く取る場合、「ステレオタイプ」と批判の意味でよく使われる。否定的判断（ネガティヴな）の意味、侮蔑的（ペジョラティフ）な意味の場合に使われて、ステレオタイプの語にはその意味が含まれて付随している（コノテート）が、根本の構造は提喩である。部分で全体を思い描くこと、これももちろん幻想のひとつである。距離の大きさの不便さの仕業とも言うことができる。

けじめのない国民性と国柄が、このような事態を招いたのであろう。ひとまず立ち止まり、検証と確認をし、誤っていたら正すということを知らずに進む、まさに後期近代人の代表格が近代日本人であろう。

第二章　けじめのない日本語

一．ことばが開示するわたしたちの精神

わたしたちの〈思考〉には当然のこと〈ことば〉が深く関わっている。手を上げる、足を交互に持ち上げて前に出すなどの基本的な動作のレヴェルでは、ことばに頼らず意識にも上らないあり方で、歩こう、食べるためにものを摑もうとする意図的な行為が自動化され、危険を察知して咄嗟に身を避けるなどの行動が本能や直感による神経や随意筋、骨の働きだけでなされる。ところが、「明日はなにをしようか？」、「どちらに採取すべき食物があるか？」、「雨は降るだろうか？」などと、ごくわずかに思考の内容を複合的にして、いま目の前にあることではなく、もしも……などの条件を含んだり、未来や過去のことに考えが及ぶやいなや、わたし

たちはことばというシンボルの操作により思考をなしている。それだけに、ことばと思考の関係は重要であり、この本の読者はほとんどが日本語を母語とすると思われるが、それならば思考は母語に引っ張られるかたちでなされている。もっともありきたりな例では、主部（主語）＋述部（動詞、助動詞）のかたちにならない日本語の文の構造からは西洋論理学のことを指すらしい「ロジカル」な思考形態は自然には身につかず、最も重要な伝えるべき情報が最後に来る日本語に、英語圏のビジネスマンは時に苛立つとも聞く。さて、思考の素材そのものであることばがいまどのような状態にあるか……。

九鬼周造は、ある言語にはそれを使用するひとびと（「民族」）の存在様態の過去と現在とが刻印されているとした（『「いき」の構造』）。正確に言えば、言語がそれを母語に使用する集団の習慣と意識の伝統を自己開示する、つまり前者が後者を索《もと》める際の入口となっているということだ。存在様態とは、どのように生きていて、どのような意識をもっているかである。日本人ならば、日本語に、これまでどのように生きてきたかという歴史と、いま現在どのような意識をもって生きているかという現在の意識が見出されるという意味である。九鬼はこの意味の存在論を、「いき」ということばはドイツ語やフランス語（chic）、英語では表現できない、相当する語がない、詮ずるにそれらの言語を母語とする集団の意識と慣習のなかに「いき」がないからであるとした。

現在、日本語のなかに、このような独自の習慣《カスタム》や気風《エートス》を表す語は激減している。つまり日本語を母語として毎日使う集団に独自のふるまいや精神は、絶滅危惧種となっている。

日本人の意識も「日本民族の精神」も空虚の極みといった様相を呈している。

「スマホ」、「コンビニ」、「ラブコメ」、「ゼッケイ（絶景）」、「カミ（神）」……。最初の三つは、ほんとうに生きているのか実感がないようなあまりにも空虚な日常を示唆するし、「絶景」はそれが消滅した数年前から「インスタ」の流行とともに日々テレビ等で繰り返されるようになった。かつて「神懸かっている」と言えば、たいていは譬喩のことであったけれども、ほんとうに「神懸かり」となればたいへんなことである。わたしたちを超越して天に在すあの神が乗り移っているのであるから。それがいまでは「カミッテル」などと、神そのものであるかのように、神の価値下落を象徴するかのように、人間だけしかいないかのように語られる（尤も、大江健三郎が『万延元年のフットボール』で描いた「曾祖父の弟」や「鷹」が、神懸かる英雄はひとびとの幻想に支えられると脱構築していたり、むしろ後に『新しい人よ目覚めよ』で見事に描かれたように「蜜」と「菜採」の子の方が真に神懸かっている存在、少なくとも神々しさを放つ者であったりという逆説はあるものの）。

また片仮名語の氾濫も一段と酷くなったが、五、六年前から片仮名語は「平坦読み」でなければならなくなった（そのうちに、かつては強勢による同音異義語の区別がはっきりとしていた一般的な日本語〔和語・漢語〕までもが平坦読みとなっていった）。ここで「平坦読み」と言っているのは、語尾（のひとつ前の音韻）にだけアクセントをつけた発音のしかたである。若いカップルが「レストランいくぅ？」と話しているのを街で耳にしてぎょっとしたことがある。英語は「レストラン」、フランス語には強調はない。なぜこのようなことになったのかは不明であるものの、出所はNHKを初めとするテレビ各局である。それがいま巷では「平坦読み」をすることが当たり前となっている。

ロラン・バルトは、かつて日本滞在で、ヨーロッパとはまったく異なる都市の構造から料理を食べる順序や作法までを気に入り『記号の帝国』（*L'impire des signes*, 1970）というエッセイを書いた。日本語を解さないバルトにとり、見るもの聴くものすべてが異邦の「記号」（シニフィアン）が漂うばかりで、その意味はまったく理解できない。この意味を理解できないことに心地よさを感じたことを書いている。ところが、現在ともなると、ほんとうに内包された意味がこの社会や文化にあるのか、意識もすべて空虚なのではないかと日本人である自分が疑いたくなる。

二 一九三六年の片仮名語

九鬼周造が「外来語所感」で嘆いた欧米語をカタカナで表記して日常語とする状況は、昭和十一（一九三六）年頃のことである。現在は、より無秩序となっている。外来語というよりは片仮名語の氾濫である。九鬼周造は、そのエッセイで〈外来語への抵抗〉を訴えている。ほんとうは「排撃」と言いたいところであっただろうが、そこは明治時代に日本に哲学が伝わってから、ただひとり仏教などの日本文化の土着性を背景とせずにハイデガーやベルクソンと、世界の大哲学者を相手にコスモポリタンとして渡り合った唯一の傑出した哲学者九鬼のこと、激昂を洒脱なユーモアに置き換える努力をしているのでそのような乱暴なことばは使わない。

九鬼は、自分が文章を書く際にどうしても必要なとき以外は西洋外来語を使わないことに決めた理由を、つぎのように説明している。

もう七年前になるがヨーロッパ滞在から私が帰朝した昭和四年の春、新聞記者が来て何か感想はないかというので、私は往来を歩いてみても至るところ看板その他に英語が書いてあってまるでシンガポールかコロンボか、そういう植民地のような印象を受ける、新聞をちょっと読んでも外来語があとからあとへ出てきてなんだか恥ずかしく思うというようなことを述べた。記者はあまり面白くもない感想だといった顔をしながら万年筆を走らせていた。しかし足かけ九年ぶりに日本に帰ってきた当時のことであるから、故国の文化に対する私の印象はかなり新鮮なものではあったと思う。それ以来、私は筆をとっても特に止むを得ない場合のほかはなるべく外来語を用いないようにしている。
（「外来語所感」、『岩九鬼周造随筆集』（菅野昭正編）、岩波文庫、一九九一、二二頁）

わたしにも似たような経験がある。留学や駐在で比較的長く日本を離れて帰国した時に少なくない数の者が、違和感をもった経験があるのではないかと思われる。日本に帰るはずが「国籍のない国」に紛れてしまったような、奇妙な眩暈のようなものを感じるのである。著者が留学から戻ったのは平成十三（二〇〇一）年のことであったから、テレビ番組にスーパーインポーズが多用されたり、ケータイ文化がひとびとの様子を一変させたりと色々なことがあったが、奇妙な片仮名語の増加、街を歩いている時に、活字を読む時に感じる違和感は、やはりそれより六十五年前の九鬼が感じたものと同じように、格別な浮遊感に似た無国籍の国を歩くかのようなものであった。すでに百年以上もこのように片仮名語が増えつづけているのだから、本元の日本語本体への影響がないわけがない。

九鬼は「民族」の精神を呼び起こし、学者や作家、ジャーナリストが態度を改めることで日本語を護ることを主張している。わたしも、片仮名語の氾濫は限界に達していると思い、無用な片仮名語の使用に異議を唱えているものの、それは民族精神などという大袈裟なものではない。母語だから破壊を免れることを願っているのでもない。日本語は、結局のところ、日常に使い、仕事をするにも、大部分をこのことばで行っているのであるから、それが奇妙に壊れてしまうと困るし、寂しい気分にもなる。

「外来語の整理、統制」に反対する立場を九鬼は列挙している。言語は自然に変化し、淘汰と進化を経るという言語学の説、もとより漢語や梵語をはじめ外来語は昔から多くの語彙を占めるのだからいまさらいいではないかという説、そして特別な情感を強く打ち出すためには外来語の方がより効果があるという説。「わが祖国」よりもドイツ語の「マイン・ファーターラント」はたしかに力強さを感じる（前出岩波文庫、二七頁）。しかしこれもまったくフェヒナーの法則により拡がるので切りがない（第四章を参照）。大正時代のはじまりに帝大の山上御殿で開かれた哲学会の「カント・アーベント」が、ドイツ語を第一使用言語とするカントをテーマにした夕べとしてドイツ語を使う意味をもっていても、「映画アーベントに至っては笑止の極みである」と九鬼自身が書いていた通りである。ほかには新聞欄の「ブック・レヴュー」などが挙げられている。「アーベント」は、第二次世界大戦後に英語が主流となるのでもはやめったに見かけないが、後者はインターネット時代のなか「レビュー」となってますます盛んに用いられる。九鬼が読者の笑いを誘おうと例に出している語群のうち「呉服ソルド市」は、さすがになくなったものの、「雛人形セット」はもはやあたりまえとなり、ほかに言い換えが咄嗟には浮かばない。また昭和の時代には百貨店の催事などで定番であった「呉服市」のような○○市という日本語までもが絶滅したかのようである。

「用もないのにむやみに外来語を使いたがる稚気《ちき》と、僅かばかりの外国語の知識をやたらにふりまわしたがある衒気《げんき》とが」、片仮名語を増やしている。その果てに、「日本語の統体（統語、文章）が欧米語によって煩わされること今日のごとく甚だしい場合」となる時には、外来語に抵抗しなければならない。その甚だしさたるや九鬼の時代とは比べものにならないほどである。「日本語を欧米の侵入に対して防禦することを私は現代日本人の課題の一つと考えたい。満州へ軍隊を送るばかりが国防ではない」（岩波文庫、二七頁）という言い回しは、いかにも当時の世情を反映する言い回しであるものの、わたしたちが文化多様性をたいせつだと思うならば、まずは日本語を正しく用いることを心がけることから始めるべきであろう。

三．スウィーツとパティシエ

菓子職人のことを、日本では「パティシエ」と言うらしい。若い頃に美食の街ディジョンに滞在した折、ガストロノミー学校でパティシエを目指す若者と話し、レストランのなかにはさまざまな役割の責任者がいるものだと知り驚いたものだが、最近日本語となった「パティシエ」は洋菓子の職人一般に用いられているらしい。お菓子、あまいもの、甘味も、「スイーツ」（スウィーツ）と言うらしいということを、たまにテレビに電源を入れればやたらと目や耳にするので知っている。これは中学校で教わったように英語である。実に他の文化のモノやコトバには親切で寛容な国民である。

いまや米国都市部を中心とする英語圏でも、ペイストリー・チーフのことをパティシエとフランス語の借用語により呼ぶらしい。しかし日本ではケイクが「ケーキ」として日本語に定着していたのに、いったいなぜ「スウィーツ」と呼ばれるようになったのだろう？　テレビや雑誌を中心とするマスメディアにより拡散されたことは間違いない。

各国語チャンポンの片仮名語が入り乱れる日本語は、日本語を習得しようという外国人にたいしてまったく優しくない。そもそも「プディング」を「プリン」と呼ばなければならないことも、英語を母語としたり英語を学習したりした外国人が日本語を学習しようとするときに小さな躓きの石となったであろうことは想像される（実際の口話ではプリンと発音した方が英語母語者に通じそうな気もするが、それにしても発音重視なのかローマ字読みなのか、それとも別なのか片仮名語には法則の一貫性がない）。しかしそれは一回そういうものだ、日本語は「プリン」だと覚えてしまえばよいほどの片仮名語の語彙数の時代のことばであった。反対の立場から考えるとよく分かることがある。わたしたちが外国のことばを話すときに知らない語彙の壁に当たると、知っている語彙からのアナロジーにより思いつくことばで相手に伝えようとする。プレーン・ヨーグルトを片仮名語として知っていれば、ステーキをソースなしで食べたいと思えばソースの種類を訊かれたときに「プレーン」と言えば通じるだろう（たぶん。そもそもソース抜きと言えばよい話だが。なぜか日本人は外国語となると正しい文法や慣用句で言いたいと思って堅くなりすぎる）。反対の立場になってみる。その外国人は日本観光をするにあたり、熱心に勉強をして、食事に不自由しないよう「甘味」も「食後酒」もことばを覚えている。鉄板焼き屋で食事をしたその旅行客は、珈琲だけでは物足りないので、「デザート」を注文しようとする。しかし生憎「デザート」の片仮名語を学習していなかった。「食後酒」というのだから「食後甘味」と言っても若い給仕係には通じない。その給仕係をフランスからの旅行客が「ムッスュー！」と呼んだところでキョトンとされるか自分が呼ばれたのではないと思うのと同じことだ。「デザート」を注文したいことがようやくどうにか伝わり、観光客はケーキ類の乗った皿のトレーを運ばれる。説明は、「ガトー・ショコラ」、「ガトー・フレーズ」、「ガトー・フロマージュ」、「クレーム・ブリュレ」……。旅行を趣味とする者なら多少英語はできることが自然である。日本には多くの英語が満ちあふれていて安心していたかもしれない。ところが「ケーキ」ほかの「デザート」を選ぶ段となると、聞き慣れないフランス語が氾濫する。視覚でイチゴだチーズだと想像するよりほかない（そもそもフランス語を母語とする者にも通じなさそうな名前が並ぶ）。ではシャーベットを食べたいので「ソルベ、プリーズ」と言えば、一級とは呼べないそのレストランではシャーベットは「ジェラート」であるかもしれない。また珈琲が飲みたくなった。日本では食事関係をフランス語で呼ぶらしい。「カフェ」と頼む。通じないかもしれない。正解は「コーヒー」である。食後酒の代わりにワインを飲もうとする。「ヴァン！プリーズ」。通じないだろう。「ワイン」が日本語である。

このような体験を数々して帰国した外国人観光客は、帰国してこれを笑い話とはしないであろう。嘲笑もしない。特に欧米人ならこうなるだろう。まこと神秘的な東洋の文化、「あれがゼン〔禅〕だ！」と。相思相愛の文化幻想が為せる業である。

知り合いの日本思想研究者たちは、西田の禅用語や和辻や九鬼の侘び、寂び、もののあわれの感覚を摑めずに、すっかり意気消沈している。ところが現実には、そのような平安から江戸の時期の日本文化を理解している者など、日本にももはやほとんどおらず日本文化と日本人は絶滅危惧種となっているのである。現在五十代以上で、いつからか日本思想に手を出したヨーロッパの研究者のほとんどは、元々若い頃はフッサールやハイデガーの現象学など西欧哲学の研究をしっかりとやり、その上で仏教ほかの日本文化への関心から和辻哲郎などに手を出した者たちである。その彼ら彼女らが、ひょっとして日本語を覚えて日本を旅すれば、上記の日本の哲学者たちの文章以上に、現代日本の日本語は難解で手に負えないと思うことだろう。どのような規則や基準で片仮名語が使われているかさっぱり分からず、片仮名語に限らずに統語法も発音も滅茶滅茶なのであるから、そこに一貫した法則を見出すことは無理である。戦後七十五年、ほかならぬわたしたち母語者たちが、場当たりで特段考えることもなく日本語を無秩序な言語にしてしまった。

四．意味のデフレと形容詞のインフレ

一八三〇年からの後期近代では、社会全体のあらゆる領域を市場の論理が横断するようになった。世界市場の需要を掘り起こすことが問題となる。需要の掘削とは、購買意欲を促す刺激を与えることにほかならないが、社会がまるまる感覚に与える刺激の競り上げを繰り返すようになってしまった。「ディスタンクシオン」、つまり他との区別による卓越化の根本に、刺激の増大により関心を引くことが社会の論理となった。

後期近代において万物が商品となり万人が万人の競争相手となるなか、フェヒナーの法則を逃れる余白はない。文化が商品であるのは今日ではあたりまえのことながら、ことばもまた、一九四〇年代にはドラムさえなかったチャールズ・ブラウンのR&Bが、六〇年代末にはラウドを極めるブルーズ・ロックのブルー・チアーとなるかのように、刺激の増大を求めてきた。「おいしい」は「とてもおいしい」と言っても特別でなくなり、平準的な美味の意味での表現に過ぎなくなり、モア・おいしいを言い表すために「すごくおいしい」、さらに語調を変えて区別して「スっごくおいしい」に、それもすぐさまありきたりな意味しか表せなくなり（語の刺激量と意味のデフレーション）、「ちょーおいしい」、いやいや「おいしすぎるー」となる？

おいしいが過ぎる？　過ぎる、過度、余り……、通常なら困る事態であり否定的な意味に使われていた「過ぎる」がハイパーに肯定的な意味となり、それもすぐに日常化され、何にでも「過ぎる」をつけるようになる。後期近代の民衆は、飽くなき商魂と刺激への欲望とそこへの耽溺のなかにあるので、ものごとの節度を知らない。言うまでもなく、過ぎたるは及ばざるが如し、「過食（症状）」、「食べ過ぎた」、「歩き過ぎた」、「やり過ぎた」……もともと「過ぎる」は行為や現象が限度を超えて悪い結果になる否定的な意味でしか使われなかった。否定的な意味の語を肯定的に使うことほど、区別・卓越化において衝撃的な効果はこれ以上にはないと言うことになる。「全然おいしい」が一例である。かくして、「ふつーにおいしい」と、元々の「おいしい」の語には修辞がわざわざ加えられるようになる。興奮量を求めてのことばの刺激量の競り上げは、あらゆる形容詞を駆使してきた。

マーケット（市場）が、スーパー・マーケットになり、二〇世紀末にアメリカナイズが進むフランスでは――法令などにより行政が歯止めをかけない限り人々は、視覚的に分かりやすいもの、手軽で便利なもの、刺激の多いもの、中毒性のあるもの、手っ取り早く、要するに怠惰へと流される――、小売店はスュペールマルシェへ、グラン・スュルファスへと規模を拡大する。日本でも一時期展開した「カルフール」など。カルフールは、日本での事業展開にあたり、「十字路」と日本語にせずにそのままのフランス語の片仮名語で勝負した。ブランド・イメージとして、日本ではその方が人気を呼ぶであろうことを知っていたわけだ。

フランス語でも、「とても」(si, trés)〔おいしい(bon)など〕が「スっごく」(super)になった直後に、「ちょー」(hyper-)が現れ、「ゲロうま」(古いことばだし……なんと下品なのだろう)のようなものであろうか、「鬼のようにうまい、鬼ウマ」(これも古い)のようなものであろうか、「牛のように」(vachement)という副詞まで新語として登場した。九〇年代後半から二〇〇〇年代初めにかけてのことだが、フランス語やイギリス英語のようにじわりじわりとしか姿を変えない言語にあって、これは急激な想像を絶する事態とは言い過ぎであろうか。

米国では、七〇年代、八〇年代、さらにその後は別の言語のように、母音の発音変化(口に力を入れない楽な、あるいはだらしない「アー」や「エィ」、「オェ」)が進み、語彙も、牛の糞め!やお前の母ちゃんでベソ!、ガッデム、ファックといった元々口にすることが憚られる下品で乱暴なことばが、日常的というよりは、数分に一回ではと思われる頻度でただの語調合わせの間投詞の如くになり、今どき「ジーザス・クライスト!」と表現する人は、教会の礼拝に足繁く通う老婦人くらいのものだろう。

そうは言っても、日本語の無秩序、けじめのなさはひと味違う。

五．歩くマヌカンと動かないマネキン

日本語は、行き当たりばったり時々に応じて、各国語をカタカナで表現してきた。ファッションとモードとでは、英語とフランス語ではほぼ同じ意味であるのに、日本語には併存するという奇妙な事態となる。

街を歩き「メゾン・フォレスト」のようなフランス語と英語のミックスから成る名のアパートやマンションが巷にあふれることを奇怪に感じたことはないだろうか？「カフェ・ド・ラ・ソレイユ」のように、フランス語あるいはイタリア語など、英語よりも馴染みの薄い言語となると冠詞の性や前置詞の複数・単数など文法的な誤用も多々ある。企業や店舗の名称は、それこそ「看板」であり、広報やマーケティングに費用をかける以上にたいせつなはずである。辞書を引いたり、該当の言語に通じている者に尋ねたりすればすぐに解決するのに、その用心深さもない。「法令遵守」なのか「コンプライアンス」なのか？ アドヴァイスなのかアドバイスなのか？ ベトナムかヴェトナムか？ 「ミラー」なのか「鏡」なのか？ フランスのアカデミー・フランセーズのような、新しいもの（商品）が到来した際に、これが正式な日本語表記だと決定して示す機関が日本にはない。文部科学省も、日本学術会議もとりわけ問題にしない。

ことばと担当省庁の関係は一例で、ことばのみならず、日本では場当たりで万事やってきた

ので、「無駄」が蓄積している。経済最優先で暮らしはおきざり、なにごとにも「けじめ」を設けたくない文化上の特性とも言える。

〈後期近代〉は、流行により在庫一掃、需要開拓と、つねに目まぐるしく移り変わらなければ熱的死を迎える立ち止まることのできないシステムである。この流行の先端にありつづけたのが、装飾的な「衣服」である。ところが、「衣服」と「ファッション」とではことばのニュアンスが異なる。日本語（漢語・ヤマトコトバ）の語彙には、「ファッション」や「モード」と呼ばれる装飾的な衣服のデザインやその展示、コレクションや業界を指す、適当な相当することばがない。また、ファッション業界に飛び交う語は、ほぼカタカナである。そうしてみれば、日本の流行（商品）がどこから飛来するのか、ほぼ理解される。

「オート・クーチュール」と「プレタポルテ」という語がある。フランス語を母語とする者ならば、聞いたことがなくても、音からの語感で意味が理解される。「オート」、高級、高品質、要するに「高い、高み」の「クーチュール」、縫う、縫ったもの。「プレ」、あらかじめ、「ア・ポルテ」、着る目的の（ためにつくられた）もの。

日本語のファッション用語では、「プレタポルテ」の語は、ファッション・ウィークやコレクションに限定された専門用語でしか使われない。フランス語の日常の現場での残りの意味は切り捨ててしまう。《Ready-to-wear》を、フランスのデザイナーが翻訳した用語が、フランスから日本に入ってきて、特定の狭い意味を担っている。このように、必要に応じて新しい語を使うようになると、本来は同じ意味であるのに、異なった含意（コノテーション）をもって、複数の語が日本語には共存することになる。「プレタポルテ」は決してただの「既製服」ではなくて、ファッション産業（ファッション・デザイン芸術分野）の各メゾンが誇るコレクション向けのものであるし、昭和の時代に「吊るし」とも呼ばれ、スーパーマーケットの洋品売り場に並べられた陳列用パイプに並べられたハンガーにかかるジャケットやスーツとは雲泥の差がある。

〈モード〉と〈アクチュアリテ〉とが現代の社会・生活様式の根幹だとすれば、明治以降、敗戦以後のわたしたち日本人はまさに気まぐれと注意の絶え間ない移り変わり、〈うつろい〉のなか、最先端の頂角ばかり見回して追いかけている間にことばや文化という足元を見失ってしまったのかもしれない。フランス語のモード《mode》と節度《modeste》との関係（ラテン語《modus》より派生）のように、ことばはそれが用いられる社会の生きた文化、つまり用いるひとびとの心性と多分に関連性を有している。

「マネキン」は英語。日本語では生きていない、動かない人形のモデルを指す。「マヌカン」はフランス語。ただし、日本語ではウォーキングで見本服を呈示する人物を意味する、などなど。同様の例は枚挙に暇がない。

六．〈和〉が輸出される時代

時代は移り、日本語がヨーロッパ、北・南米、オセアニア、東・東南アジアなどへ広く輸出されるようになった。いま、空前の〈和〉ブームといった様相を呈している。

和食、鮨、豆腐、ラーメン（拉麺）[五]……。「もったいない」などの概念。ほか多数ある。食に関することが多いのは、和食はカロリーが比較的低く、糖分も控えめ、かつての「先進諸国」における高齢者人口比率の増加や、「予防原則」による健康への関心の高まりもあるだろうし、世界各国の物産、食品類が飛び交うなか、新鮮な発見ということもあっただろう（つい二十年ほど前までは、海藻を食べ、魚介類を加熱せずに口にする日本人は、ヨーロッパでは奇異に見られた）。

また、世界的健康ブームのなか、桜沢如一（George OHSAWA）の「正食」（マクロビオティック）のように、西欧から米国へ、米国から日本へと、帰還した逆輸入の例もある。

近年では「サヨナラ・ベースボール」（米国プロ野球実況中継、「さよなら・ホームラン」のこと）などまで、言ってみれば「外行語《そとゆきご》」は増加の一途、これも相思相愛幻想の拡大ならではのことだろう。日本は別に特別ではない。遠くヨーロッパや南米から訪れても、河瀬直美の映画作品に描かれるような「森」はもはや観光客の立ち入ることのできる場のどこにもない。木霊の声を聴き、山全体を霊性が支配するような所はない。そのような信仰すらない。日本人は、諸外国と比較して新興宗教信者数の比率が極めて高い。そうでなくても、気軽にスピリチュアリティに触れる「神頼み」の心性の伝統は残っているようで、スマホ片手に「御朱印集め」をしている。後期近代の極みのデヴァイスを手に握りしめひととの繫がりを確認しながら、とうの昔にそのような霊性文化は失われたか、あるいは御朱印集めのようになかったものの伝統の亡霊を探し求める元気な「前期高齢者」(団塊世代)の集団や孤独な若者を目にするだけである。これこそ、エヴェレスト山に殺到する先進諸国のひとびとが巻き起こす渋滞と同じ〈本末転倒社会〉の象徴ではあるものの(本稿校正中にチョモランマの氷河が溶解しインドで大洪水が起きた)、日本の三十代以上の多くのひとびと、とりわけ中高年は、同じ土曜日曜に、同じテレビや雑誌で情報が垂れ流された観光地へ、同じ道路にみんなと同じように渋滞をしながら向かう。そして帰りには、周囲と同じように車内でため息をつきながら、いち早く帰宅を！と、一台でも追い越して前へ出る、同じような行動をすることでしか安心できないという、不思議な全体主義的メンタリティをもつ。

〈和〉に次なる流行の白羽の矢が立ったことには、さまざまな要因があるだろう。

〈後期近代〉を牽引する経済（「世界市場原理」）は、つねにひとやものの移動を必要とし、その方向づけのために流行を前提条件とする。流行に大衆（群集）は憧れ、ひとと消費、資本、通貨が群がる。やがて冷めて、別の流行へと方向を変えながら、〈後期近代〉はひとともの、資本と文化を動かしながら、自らのシステム内の各要素の運動つまり熱を保っている。

　そうしてみれば、飽きられたり、需要が涸渇したりしてしまえばお終いなので、流行の旗が移動することも不思議ではない。不動の「文明」という閉鎖系の埒内で、たとえ普遍的「文明」なるものが集合的な幻想だとしても、各文化は土地を離れて浮遊し、浮遊するからこそ移動と運動とを加速する。だから、つねに米国、つねに西欧が流行の発信源となれば、移動と交換の運動は減少し、飽きられ、熱を失う。

　現在、世界経済が、〈後期近代〉始まって以来の行き詰まりを呈していることを考えれば、なおさらのこと〈単一世界〉「文明＝市場」のたらいの内部にあって、なるべく外部であるような縁、「亜周辺」[六]の方がよいということとなる。あらゆる商品が新鮮味を失い、遠い異文化の物産のエキゾティシズムが魅力をアピールするし、そこに引き寄せられる力は距離が遠い方が確かなものである、と。

　ただし、それだけでは流行の旗印がなぜいま日本なのかを説明することにはならない。さまざまな日本文化の産物、ことば（「外出語」ないし「外行語」）に先行して、日本のカルチャー

のなかで、まず視覚映像が注目を集めたことを振り返ってみる必要がある。[七]

一九世紀後半来の、印象派やクリムトなど美術、殊に絵画におけるジャポニズムも意匠というイマージュであった。「クール・ジャパン」のかけ声により政財官協同で輸出され、台湾など周辺諸国で受け容れられていただけの、日本のサブカルチャーが世界に知られたきっかけも、漫画とアニメ、インスタレーションなどのイマージュであった。

日本に観光した多くの外国人が、お土産（思い出）に買って帰るのは、「漢字」がプリントされたTシャツや、漢字のタトゥーである。日本を訪れたことがなくても、漢字はファッションとして「クール」だと扱われる。漢字ファッション愛好者のなかには、意味よりも字面、つまりイマージュに魅力を感じる者もいるように思われる。[八]

そもそもアルファベット言語圏の者にとり、複雑な漢字は、理解不能であることが一般的であるに違いない。漢字と二種の仮名を併用するわたしたち日本語使用者が、アラビア文字やヘブライ文字など見慣れない字面を見たときに感じる印象と同じであろう。

意味を欠いているからこそ、神秘的であり、魅力があり、新しい。周囲にありふれていないから、群集を出し抜いて他者と区別される、やがて流行となり、多数のありふれた図柄となるまでは、そのように機能するのだろう。

また、文化・土着性をもたない自然科学の学術分野（生物物理学）において、いま万能細胞の研究で盛んに用いられている、実験観察対象の細胞を他の細胞と区別し特定するために、蛍光発色させる方法、生命現象の〈視覚化〉のしくみを発案したのも、日本の柳田敏雄氏（大阪大学特任教授）であることを[九]、蛇足ながら、イマージュと〈後期近代〉的な普遍性との関係で指摘しておく。近代日本にとり学問は産業振興政策の一環であったため、自然科学分野でも商品に結びつく工学や農学寄りの研究が多く、基礎研究は海外の成果にただ乗りということが言われてきた。この状況は一朝一夕には変わらないであろうけれども、そのような制約のなか他の研究者にも有益な成果を提供している学者はいる。

さて、この理解できないから神秘的、神秘的であるからこそ魅力的との誤解の上に立ったエキゾティシズムは、一九世紀の間、万国博覧会や人間動物園で異国の嗜好品や民族を知り、精神病院を劇場鑑賞のような娯楽場としてきた〈後期近代〉のスペクタクル――視覚優位経済――生活構造の価値観につきものであった。[一〇] 土地を離れて、土着のものではなくなった異文化を理解することの困難さが、市場での価値を生むのである。

このことは、日本人が果たしてほんとうに西洋の美術やファッション、食文化などを理解しているのかどうかという問いとなり反転し、反ってくる。

七.〈和〉のシミュレーション——OMOTENASHI

わたしの言う「外行語（そとゆきご）」とは、いまフランスや米国・オーストラリアなどの英語圏を中心に世界に広がりつつある、日本語をアルファベット表記した語彙のことである。欧米に視線が向きっぱなしでいながら当地のリアルを知らないできた日本人にしてみれば、逆輸入されることで、「真逆」を使って映し出された日本像が見えるきっかけとなるかもしれない。日本から世界を覗くカメラのレンズに光が浴びせられることの譬喩であり、実際の真逆のように光学装置のメカニズムを利用した創意工夫《アンヴァンティフ》の時のように被写体が真っ白ということにも、ニュイ・アメリケヌのように真っ黒ということにもならないであろう。反対に諸外国から見た日本と日本の現実の差が明らかになるはずである。

一九世紀から日本の芸術や文化に目配りし、歓待してくれたのはフランスであった。ファッションで言えば、《kimono》は、英語ほか他の言語にも広がった。《ninja》や《yakuza》の語ばかりではなく《zen》は教養層の口語（langue familière）で日常的に使われる（クール、話題の核心など多様な意味）。

岡倉覚三や新渡戸稲造のように際立った人物が米国に渡ったなか、フランスに渡る知識人は、日本あるいは東洋文化・宗教の専門家でもなく、フランスの政治的風土に「インターナショナル」や「コスモポリタン」への希望を見たという経緯もあり、わたしたち日本人がそうとは知らずにフランス語を〈逆輸入〉していることばが多々ある。たとえば前述の「マクロビ」、「マクロビオティック」がそうである。

二〇〇〇年代後半から加速する輸出語は、漫画やアニメ、「クールジャパン」（後にジャパン・クール、「クールジャパン立国宣言」）関連を除けば、まだ「外行語」ではなかった。新商品、魅力あるものがなくなった市場の原理と異文化の論理、また情報と知識の普及もあり、これまで知られないでいた（土着、伝統習俗の）日本型生活に注目が集まった。

《Tofu》や「玄米《コンプレ》（complet）」、海草と、健康を気にする西洋人ほど《washoku》を好むようになった。《sushi》や《sashimi》は言うに及ばず、《ramen》も、手軽な美食として大流行している。[一二]

二〇一〇年代となり、日本語の国外輸出のあり方に、ことば（記号）と実体（リアル）とのおかしな結びつきが散見されるようになる。決定的なのは、二〇一三（平成二十五）年九月、IOC総会（ブエノスアイレス）での東京五輪招致プレゼンテーション場に発した、〈おもてなし〉であった。福島第一原発のメルトダウンがどう収束されるのかも、まだ定まっていない状況だった。

〈おもてなし〉は、オリエンタリズムの強い印象を与えた。西洋文明や各世界宗教がもつホスピタリティとは異なった。さらに理解できず、謎めいていて、だから神秘的で光り輝いた。理解できなかったのは、外国の視聴者だけではない。筆者にも理解できなかった。

《おもてなし》のことばには、数々のしぐさが添えられた。お辞儀と合掌が印象的であった。ところが、日本や周辺東アジアの土地に根づいたひとならば、お辞儀が「ありがとう」、「すみません」、「お願いします」と、しぐさを発する主体からの強い要請や感情の表現であること、過去や未来に受けた（／る）恩や罪といった「負債」の解放であることを知っている。合掌は、神仏習合以前からの土着宗教で、太陽や神体、超越的なものに感謝をする、涙とともに表すしぐさである。ＩＯＣ総会でのしぐさは、従来のことばの《意味》（解釈）とも、日本の習俗やＴＯＫＹＯのリアリティともかけ離れていた。

八．〈和〉のリアル——薄気味悪い国NIPPON

よい意味の日本語、称賛されることばだけが、輸出されるわけではない。たとえば《tsunami》。自分たちの住む土地にはない現象を表すには、台風系のことばもそうだが、借用するしかない。そもそも「話題」となるほど、注目を集めてこそ、表現することばが必要となる。

またアメリカ英語が最初と思われるが、《karoshi》もある。想像を絶する別の社会、表現に相当する語がない、あり得ない現象や行為、心性、まさに絶対的〈異文化〉には彼の地のことばを借りるよりほか表現のしようがない。日本で「自爆テロ」と報道されてきた「自殺爆弾suicide bombe」は、《kamikaze》（カミカーズ）、言い得て妙かもしれない。ただし、日本語の影響などあるのだろうか、感情の高ぶりだろうか、英語やフランス語も、最近では「爆発」や「テロ」の語の入った熟語を使い始めている。

異文化の理解には、つねに相互の誤解がつきまとう。

その意味でたいへん残念なのは、原発メルトダウンを象徴するようになった《Fukushima》の語である。福島を故郷や住処とするひとには、耐えがたい心外、不名誉であろう。この語が意味するのは、「フクシマのカタストロフィークな原発事故」のこと、その縮約のようなものである。

なにが報道されるか分からない。日本特派員の多くの日本語能力は脱帽せずにはいられないほど高い。日本人、日本に暮らす者は安心していられない。

舛添要一元東京都知事の辞任（二〇一六年六月）にあたり、世界のトップスリーを争うクォリティ紙の『ニューヨーク・タイムズ』は、ある日本の政治家からの引用というかたちで、《sekoi》、《too sekoi》（「セコい」、「あまりにもセコすぎる」）と新たな輸出語を生んだ。[二三]

さて、二度目の東京五輪開催で、諸外国から訪れる観客の姿を想像してみることにしよう。「観光立国」が、二〇一二年一二月からの自公政権首相及び内閣（行政府）のかけ声であった（「観光立国 実現に向けたアクション・プログラム」）。観光資源とはなにか。世界で、和食ブーム、殊更に鮨は大人気。となれば、日本を訪れる観光客は、江戸前寿司のメッカ築地市場を訪れて、本場日本ならではの新鮮で伝統の技に支えられた鮨を口にすること、噂には聞いた伝統を残す築地の魚市場を目にすることは、大きな楽しみであったことだろう。多くの東京らしい「異国情緒」の街並みが、相次ぐ都市開発でほぼ消滅しようとしているので、なおさらのこと貴重な観光資源である。

ところが、この国では、ガス工場敷地跡の上に、日本の貴重な文化資源であり、国民への食の提供を保証する東京都中央卸売市場を移転させてしまった。東京都庁は、晴海通りから湾岸線までの渋滞が酷い、物流に支障を来している（「交通」Verkehrは経済活動の根幹）、工事は進んでいる、あとは築地市場の数百メートルの工事が完成すればよいだけと都民、国民に訴えた。政治家たちは、東京五輪という、景気改善は認められない負の公共事業（景気対策とはならず、開催地の産業構造を弱めることは常識、ただの「国威発揚」[一三]）のため、早く移転してくれなければ困るということであった。

「おもてなし」を本気で考えているならば、選手村から競技場への移動における多少の渋滞よりも、競技後や競技・練習の合間に、築地の魚市場を楽しんでもらうことが第一だろう。分刻みでの正確な交通（パンクチュアル）を期待しているのは、日本で暮らす者くらいなのだから。なによりも、五輪開催による一時的な観光関連産業収益は、大量の海外からの旅行観客の到来によってもたらされる。東京で開催される五輪であるならば、世界の和食ブームのなかでは当然のこと、築地は主要な観光スポットとなるだろう。それを期待して訪れる観光客も多いだろう。（その後世界はＣＯＶＩＤ-19のパンデミックの騒動へと巻き込まれてゆくが、令和三年二月十七日現在、「なにがなんでもやる」という声しか組織委からは聞こえてこない。日本に集まる東京五輪・パラリンピックの観光客は放射能汚染のリスクだけでなく、ＣＯＶＩＤ-19感染の極めて確実性の高いリスクにも、迎える日本人同様曝されるわけだ。日本が一躍感染者数・死者数の世界トップクラスの国に入ることもあながちないとは思われない。なぜ止められないのか？）

そのように期待を抱いて日本を訪れた観光客たちが、「シアン化合物」の猛毒、「ヒ素」、「ベンゼン」ほか地下の集積ゴミから毒素が湧き出す場所[一四]で、憧れ夢見た日本のマグロやサーモンが捌かれて売られている光景を目にしたら、どうなるだろう。これは仮に土壌対策がうまくいっていなかったならば、という仮定の話でもある。まず、通常の人間の感性を維持しているならば、そのようなものは口にしないだろう。魚介類を加熱せずに生で食べることのうまみを知ったのも、ほとんどの国ではつい最近のことで、日本は野蛮だと思われていたのである。日本社会の清潔神話は崩れ、猛毒の土壌で加熱しない生の魚を食べていると驚くだろう。狂っていると思うことだろう。

当時、築地市場移転問題がヨーロッパを中心に海外紙・海外テレビ局で報じられていたのだから、「日本人は狂っている」、「恐ろしい」、「経済のためならなんでもやる」、「気味が悪い」とすでに怖れられているかもしれない。

なににせよ、「福島第一原発」によりフランスやドイツ、英国でも、セシウムほかの汚染物質が世界中に拡散しひどい迷惑だと、子どもをもつ主婦層を中心に怒りがすでに高まっていた。怒りが面と向かって日本の各市民に届かないのは、日本はヨーロッパとは別の文化の国、よそさまであるから、遠慮しないといけないとの分別からの配慮によるのだろう。

国際社会にこれ以上の迷惑をかけないことに専心するのが、世界で通常とされる倫理規範であるのに、メルトダウンを起こした原発の収束の目処すら立たないのに、首相自らがセールスマンとなり当の原発（技術）をヴェトナムとトルコに輸出しようとした。原発再稼働で国際社会のひとびとの不安を長引かせ、実質的な汚染被害リスクもさらに高まり、前のめりにオリンピックまで開催しようとしている。

こうしたことが生じるのは、日本に「ジャーナリズム」や「健全な報道」がないからであり、デモクラシーが支えを欠いて機能していないからである。「知る権利」がなければ、情報も知識もなしに、国民がことのなりゆきに反感を抱き、主権を行使〔主権者としての意思表明〕することもあるわけがない。このことについては、次章で「世界で一番騙されやすい国民」――報道の健全性とメディア・リテラシーとし、詳説することとしたい。

九．後期近代の黄昏――売るものがない

これまでに見てきた「外行語」は、日本発「世界共通」ことばとなった。他方で経済に目をやると、かつて「先進諸国」と呼ばれた国々（G5→G7→G8→G7と、その他OECD加盟国）

で基礎的財政収支は回復が絶望的な状況となり、[一五]〈後期近代〉・〈世界市場原理〉始まって以来の行き詰まりの様相が、景気から生活までを暗雲で覆っている。新商品は、もはや需要を開拓できない。そのような余裕が、多くの生産者＝消費者家庭にない。

それでも執拗に需要を掘り起こし、〈後期近代〉体制の動力源である熱を冷ますまいと、必死のマーケティング言説もつづいている。『VOGUE』誌のアナ・ウィンターがしかけた《セレブリティ》もうまく機能しなかった。日本で「セレブ」と消費されたように、真面目に受け止めた者たちも居たにも拘わらず、〈後期近代〉のトリクル・ダウンの消費活性化による経済構造はもはや機能せずにその終焉を予期させた。ランウェイ上のモデルたちが纏う服飾はあまりにも高すぎた。ファッション誌で見かけた高級プレタポルテに似たファスト・ファッションを買う、見てくれよりも着心地というほんとうの意味での肌の時代、感性の時代となった。そもそも、モデルたちがプライヴェートで身につけているのは、バッグやジーンズのヴィンテージであったり、人気シューズの復刻版であったりすることからも、意図とは裏腹に新しいものに魅力がないことを露呈することとなってしまった。

コンビニエンスストアができて、三六五日二十四時間、必要なものをすぐに近所で入手できる時代である。さらにネット通販は、宅配業界を巻き込んでの熾烈な競争から、即時配達のサービスを広めつつある（利用者が、倉庫や配達する「もうひとりのわたし」である労働者＝消費者の苛酷な状況に思いを馳せることはあるのだろうか）。この「消費社会の北極」に登場したのが、必要最低限の簡素なものしかもたずに、低賃金・長時間重労働、高税負担、社会保障削減のなかでも、もたないことで精神だけは自由にありたい、心や肉体の負担を減らして快適にありたいと現代の遊牧民生活を送る「生活ミニマリスト」たちであった。二〇一二、三年頃から、同じ考えをもち実践している者たちが互いを互いのブログで知るようになり、ミニマリストと名乗るようになると、一般のウェブページ閲覧者たちにも知られることとなる。「ミニマリスト」は、たちまちにして、出版業界待望の新しい人気テーマとなる。すると、今度は家具から生活用具まで、製造業が注目し、メディアが曲げた意味で用いるようになる。[一六]

こうしてあらゆる言説がたちまちマーケティングに取り込まれる、蟻地獄の状況にある。

メディアに囲まれ、視聴者や読者となる労働者＝消費者は、現実が自らの生活の実態の方なのか、誌面や画面で展開されるショーの方にあるのか、判断がおぼつかなくなり、〈リアル〉と〈ヴァーチャル〉の境界が分からなくなる。どこに足場があるのか、〈リアル〉を確認しようとしてスマートフォンでネット検索、ＳＮＳの情報に行き当たり、「ＬＩＮＥ」で友人と確かめ合う。だが、翌日その友人と顔を合わせても、そのことを話題にすることはない。万事が戯れ、かつてヴァーチャルとされたインターネット空間や、テレビ画面（スタジオ、東日本津々浦々に流される遠い渋谷や恵比寿の店舗紹介、街歩き）が、日常の〈リアル〉、意識のなかの〈リアル〉に染み渡る。

この各種メディアによる「総駆り立て体制」を考慮した上で、近年のブームを振り返ってみれば、「かわいい」は商標やキャラクター・コンテンツの競争、「ゆるキャラ」は地方自治体の疲弊状況、「シンプル禅」（マインドフルネス）は多忙な労働・生活状況、「Iターン」は雇用機会の激減と住宅費節約と、まったくゆるくなく、民衆（労働者＝消費者）を取り巻くたいへん厳しい生活状況を示唆している。

疲れ切った労働者＝消費者をターゲティングする商法もある。購買意欲がないことは、「物欲欠乏症」だと病気扱いし、「欲しいものがない心理９つ」はコレだ、あなたの症状の深刻度を〈心理分析〉しましょうと言ってみたり、同様に「〝欲しいものがない〟という方は必見！」など。

そもそも経済が行き詰まり、〈後期近代〉の、将来はますますよくなるゼロスタート地点からの幸福生活も黄昏を見せ、民衆は疲れ切っている。健康の調子も崩す。脳は、パソコンやスマートフォンなど現代テクノロジーの影響もあり、疲労を蓄積し、朦朧とし、判断も意思も十全な状態にはないひとびとが多い。こうした時代にこそ、疲労は病気、〈科学〉で〈病気〉を改善しましょうとなる。ところが、そもそも経済が行き詰まり、その結果、労働の場でも生活の場でも、精神も肉体も疲労しているのだから、そのようなビジネスは「疲労民衆」を必要とし、疲労の原因である不景気が解消されればビジネス・チャンスも失ってしまう。しかも、この行き詰まりは、〈世界市場原理〉による経済がその他の全領域を牽引するとの〈後期近代〉の構造に起因するものであるのだから、疲労がなければ売り上げはない（税収もない）、売り上げがなければ疲労はますます酷くなるとの悪循環そのものである。こうして、「市場」を縮小させながら、世界資本主義の夕暮れを早めているのだ。

一〇．それでも売ろうとする……

この脳を譫妄状態にさせるメディア環境のなか、政治・経済は「茶番」であるけれども、そもそも「ショー」であるのだから自分の生活とは関係ないと、ヴァーチャルの領域へと、無意識の方へと遠ざかってゆく。もちろん実際には、年金から国家・地方財政、税制度、医療保険制度、貿易自由化、円安誘導による石油はじめ輸入物の価格高騰と、現在から未来に亘り自分と無関係なことなどひとつもない。

しかしながら、ディスプレイの界面から逃げることも困難な環境では、ここまで見てきた近代日本語の混乱もあり、テレビでは「再現映像 reconstitution」を「イメージ映像」(image

image）と呼び、表記し、さらにスタジオとSNSを連動させ、リアルな生活のなかで番組視聴していたはずが、境界線を乗り越えて、参加しようと呼び掛けられ、ヴァーチャルの領域へと吸い寄せられる。テレビ番組を制作し放送している側にしても、それが自分の労働者＝消費者としての日々なのであり、リアルもヴァーチャルもない。

「あべのハルカス」の名前を思い出せない者が、周囲に尋ねずにウェブ検索するとどうなるか。「大阪　デパート」と入力すれば、「バーゲン」と推測候補が呈示されるはずである。それだけ多くの回数、「大阪　デパート」の後に「バーゲン」を加えて検索した者がいるということだ。「大阪　デパート」を、検索エンジンは「大阪　デパート　バーゲン」と、ひとつのカテゴリーとしてパターン認識する。

このことが転じて、道具を使うはずの人間そのものが、アルゴリズムの思考とパターン化された行動を逆に身につけてしまうこともあるだろう。

ふだん「百貨店」ということばを使う者が、「あべのハルカス」の名前を思い出せない時に検索エンジンに尋ねるには、そこに行きそうなひとびと、ネット検索をしそうなひとびとが使う語彙を使わなければ適切な結果が得られない。「大阪　百貨店」と入れた結果、正確にパターン認識されずに、検索ページを何ページも見た果てに、「大阪　デパート」と入れる。こうして、彼ないし彼女は、「大阪　デパート」、「デパート」というパターンと語彙を「学習・習得」する。

模倣の法則[一七]である。

以上、ことばとファッション（流行）を中心に、日本とその外部の関係、生活者が労働者と消費者とを兼ねる実態を検討してきた。世界経済は未曾有の行き詰まりにある。〈後期近代〉が経済の牽引により、政治、文化、暮らしといった諸領域を包み込む総駆り立て構造であるので、経済が倒れようといういま、デモクラシーや流行消費による豊かな暮らし、各文化の多様性など、ことごとくが幻となり、個人も社会も疲弊している。需要掘削のなか現れたネットやスマホといったテクノロジーも、われわれの意識と知覚の〈リアル〉と〈ヴァーチャル〉の区別を奪いつつある。〈後期近代〉も先端テクノロジーも「パターン認識」の安易な道に辿り着いた。それは、一八三〇年の〈後期近代〉開始時点ですでに、その構造に内包されていたのだから、予定されていたのである。

第三章　「世界で一番騙されやすい国民」

——報道の健全性とメディア・リテラシー

一．世界一騙されやすい国民

「国境なき報道者団（ＲＳＦ）」は、世界各国の報道の健全性を支援する機関である。内戦や貧困で医療が十分に受けられない国の民衆に、恩恵を受けているいわゆる「先進諸国」が支援し手を差し伸べようとの、「国境なき医師団」と同じように民間の自発的活動である。その活動のなかに、毎年度公表される「報道の自由度」の国別分類がある。[一八]複数の報道が許されているか（国家独占の官報でないか、特定のクラブがメディアを独占していないかなど）、メディアの政治・財界・宗教からの独立性、自己検閲（自粛、自主規制）の有無、透明性などにより、各項目で「危機度」をスコアにして、スコアの総計が少ない順から「報道の自由」が健全であると順位をつける。情報基盤（インフラストラクチャー）も点検項目なので、新興国や貧困国は当然下位となる。さらに、そうした国家は独裁政治や内乱などで報道の自由どころではないこともよくある。

さて、日本の「報道の自由度」が一部で問題となったのは、二〇一三年の同団体による順位表であった。一七九カ国中、日本は五三位だった。オレンジ・ゾーン、最下位分類の報道の自由が停止され民衆の生死に関わるレッド・ゾーン[一九]ではないものの、報道の「絶滅危惧」に分類される順位だった。前年度二〇一二年の三一位より大きく後退した。日本の五三位に近いオレンジ・ゾーンに並べられた諸国を見てみると、永らく「文明」（＝西欧発単一地球、単一市場）入りを拒み、独自の文化と経済を護ってきたパプアニューギニアは、四一位、新興国で戦火の間にあるシエラレオネが六一位、ほかユーゴスラビア[二〇]紛争の傷痕から復興できずにいる諸国やトンガなど海洋小国、タンザニア、ケニアなどのアフリカ諸国が並ぶ。

二〇一六年の調査報告では、一八〇カ国中、日本は七二位まで後退した。この時点から現在まで日本は報道が健全でない国家として決定的に世界にも知れ渡るようになる。この年世界全体で、危機度は四五〇ポイントほど増加している。かつての「先進諸国」が健全度を落としている結果だ。なかでも日本は突出して下位にある。旧ユーゴスラビア連邦国にも抜かれ、セネガルやタンザニアのアフリカ諸国よりも後ろ、振り向けば長期間最貧国とされてきたモルドヴィア共和国、二〇一五年に米国流の「ジョージア」と呼称が変わった旧グルジアがある。

もうひとつの指標としてメディアへの信頼度について同時期のものは、ＷＷＳ（「世界諸価値調査」、社会科学研究者による国際協会）によるＷＡＶＥと名づけられた包括的な継続調査に見つけられる。発信しようとする健全性に対して受信する側の態度の健全性である。こちらは、主にアンケートによる「世論調査」である。調査項目のなかの新聞やテレビといった大メディアに関するものがある。

新聞、テレビへの信頼度（confidence）の項目は、新聞が書いていること、テレビが見せたり語ったりしていることを、どれだけ真実だと信じていますか？との質問に基づく。信じている場合は、新聞やテレビの「報道」をあなたは信用しているか？との問いにイエスと回答していることになる。

日本では、五・七％の「大いに信用している」（A great deal）、六四・九％の「かなり信用している」（Quite a lot）を足すと、実に約七〇％もの回答者（調査対象者）が新聞に書かれていることを信用している、言い換えると鵜呑みにしていることになる（大メディアが公表する「世論調査」でさえ、下請に外注した出鱈目なものであったこともその後明らかとなり、BPO放送倫理・番組向上機構で悪質と判断が下された）。新聞に書かれていることは事実、リアル、真実であると。対照的なのは、米国、ロシア、オーストラリア、台湾、香港、またイラクである。いずれにせよ、どの国民にしても、日本ほど報道を鵜呑みにしている国民はない。オーストラリアでは「大いに信用」が一・七％、「かなり信用」が一四・六％。同様に、米国は二・〇％、二〇・七％、ロシア、二一・九％、三〇・六％。

記事やニュース、論説、議論を発信している側の報道機関が健全な状態で発信できていないのに、日本の読者と視聴者はそれらを他国とかけ離れた規模で鵜呑みにしてまるまる信用しているのである。発信と受信を含めた「知る権利の健全性」を統計にすれば絶望的な数値となることであろう。真実を発信できないなか、受け手の側では、なんの問題もないとマスコミュニケーションが伝えることを真実だと考えているのだ。

WAVEに先ほどの「国境なき報道者団」による「報道の自由度」調査の結果をクロス計算する準備をすると、ドイツがトータル・スコア一四・八（の不健全）で健全性ランキング一六位と「健全ゾーン」の最下位、米国は二二・四九ポイントで四一位（イエロー・ゾーン、やや問題）、ロシアは四九・〇三で一四八位（レッド・ゾーン、危機的不健全）、インドは一三三位となる。

メディア・リテラシーと報道の自由の健全性とのバランスから考えて、どのあたりが標準的で健全かというと、やはり西欧、ドイツでの受信者側信頼度となる、新聞で六・三％（大いに信用）、三八・一％（かなり信用）、四五・〇％（あまり信用していない）、テレビで五・二％、四二・二％、四二・五％あたりとなるだろう。つまり報道の健全性の現実に対する受け手側の認識が適切という意味で最もバランスが取れている。懐疑的に過ぎず、夢見がちに過ぎず。

報道する側（テレビ局、新聞社等）の健全性、及び使命の達成度と、受ける側（視聴者、購読者）の「民度」（批評眼をもつ教養の水準、政治・歴史等の知識、主権者としての意識と責務遂行度）の双方から、真のメディア・リテラシーとデモクラシーの現在の姿が見えてくるだろう。

要するに、日本では、北朝鮮のような自由に回答も許されない状態ではなく、個々人が自由にありながらも報道の自由はかなり不健全な状態、それなのに国民は大メディアを過大に信頼しているとの結果に導かれる。報道の実態・現実と国民の認識（幻想）に大きな乖離がある。要するに、極めて騙されやすい、稀なる統治しやすい国民なのである（デモクラシーを看板に掲げている国家にあるまじきことではある）。真実かどうか怪しい報道が飛び交うなか、自ら主体的にその報道を信じる、信じた、そうであって欲しいとの願望をそのまま現実としてしまう。市民としての冷静で客観的な批評眼、そのための教養とメディア・リテラシーで西欧諸国に大きく水をあけられている[二三]。

二．メディアによるエクリプス

そもそも西ヨーロッパとは異なり、「市民の育成」の継続を目的としない日本のメディアで報じられないのは、国際的責任をまったく果たしていない福島第一原発事故問題の未解決、無策、世界中に放射能汚染物質を垂れ流す甚だしい迷惑であり、世界の先進諸国、ヨーロッパやカナダ、オセアニアのひとびとが案じている課題、アントロポセーンであり、アマゾニアの森の火災、消えることのないオーストラリアの大規模連続火災とその犠牲となっている人間と他の生物の姿……。

メディア環境がいまの有様では、国民の啓蒙どころではない。他国よりも早く「民度」の暴落を手助けしているだけである。

ここでは戦争について、近い時代を振り返るに留める。

ステルス爆撃機で要人の暗殺が行われる場合はオペレーション（作戦実行）であり、少数や単独犯のものならテロリズムという法的基準ももちろんない。そのように思い込んでいるとしたら、メディアの〈声〉を鵜呑みにしてせっせと頭に刷り込んでいるか、権力の〈声〉に自らを律してふるまいを適合させ自主的な隷属を選んでいるか……。

メディアでは報じられないことが多数ある。ここ三十年来、「先進諸国」による戦争被害が集中している中東では、民間人の死者・負傷者の総計が数万人から十数万人に及び、派生して生じた秩序不安定や内戦の惹起による犠牲者数を入れればより多くの被害者がいる（イラク戦争では二〇〇三年三月から二〇〇六年六月の時期だけを見ても、イラク側の死者数だけで約一五万一千人〔WHO〕、六五万人という米国大学での調査もある。また米国人の戦闘員・非戦闘員の死者数合計も同時期に約五千人、負傷者数は約三万二千人）。テレビ映像のように、テレビ・ゲームの画面のように正確にミサイルが標的に命中するわけではないのである。[二三]

「人道的介入」ということばの意味を取り違えた用法もよく耳にする。国連（国際連合、United Nations）等の国際機関により、国際法に適合して、これまでの歴史の慣習上正しいとされ、現在世界に存在する国家の多数が承認できる機関により、内戦の調停などに対して中立的立場から一時的に国家主権を侵害することが人道的介入である。内戦や大量殺戮などが終わり平和とまでいかなくともその国家が統治と社会の秩序を取り戻したならば、つまり国家として機能を再開したならば、ただちに仲裁の軍事力も非戦闘職員も、立ち去らなければならない――これも混同されがちであるが、国境なき医師団（ＭＳＦ、Médecins Sans Frontières）はいかなる政府や国連等国際機関からも独立した、紛争地で負傷したひとたちを救助するために自発的な意思により現地に駆けつける医師や看護師の利便を図るための民間機関（ＮＧＯ）である。

戦闘が終わっても居座り、政権を変えろ、政体をデモクラシーとせよ、特定の為政者に変えよと命じれば、侵略戦争になってしまう。国連のような機関ではなく、特定の一国や多国からなる軍事力が同じことを行えば、国家主権の侵害であり、侵略戦争である疑いも強い。湾岸戦争以来、さらに集中的に戦場となりつづけている中東では、戦争が米国やヨーロッパのメディアで報じられ、写真や映像で視覚に訴えることによりわかりやすく現実に生じているとわたしたちを信じ込ませてくれたとしても、戦争が終わった後のことは、ほとんど報じられないので、いまイラクではどのような宗教・政治思想の背景をもつ者たちから政府が構成されているのか、戦後の荒れた土地、サダム・フセイン下のバース党関係者が所有していた土地や財はどうなっているのか、イラクで商いを展開している企業は、どこの国籍のどの企業なのか……、問われても答えられない、考えたこともないという者がほとんどであると思われる。イラクの土地の多くは、米国を本籍とする多国籍企業の遺伝子改造・編集作物のための巨大な農場などとして使用されている。なかには、ヴェトナム戦争時、枯葉剤で生まれた奇形児をたくさん残しながらも莫大な利益を獲得した企業も含まれる。本稿に手を加えている間に、中国とインド、あるいはアゼルバイジャンとアルメニアなど、領土・宗教問題が火種となり燻っていた国境間で戦闘が繰り返されるようになっているものの、前者のような核保有軍事大国は別として、土地も魅力的な資源もない紛争に人道的介入は行われない。人道的でない統治が行われている国家は、世界の国家の半数ほどになるが、これらに批判的言説が加えられることもない。

ここでの要点は、「デモクラシーを採用していないのでデモクラシーに変える必要がある」ことを理由として戦争を起こせば、当然のことながら国家主権の侵犯であり、内政干渉どころではない国際法上許されない戦争、つまり大規模テロリズムであるということだ。

テロリズムは政体に拘わらず、断じて許されない犯罪であり、暴力である。

イラク戦争以降、「このままではただ殺される」と米国に反目する、あるいは米国に睨まれている国家を中心に、イスラム原理主義が高まり、「自殺爆弾（suicide bomb）」によるテロが、ヨーロッパで頻繁に起こるようになった——イスラム教だけが原理主義（fundamentalism）なのではない。イスラエルはユダヤ教原理主義〔シオニズム〕の国家であるし、米国の新興にして最大の勢力福音派も、キリスト教の原理主義の一例である。

著者自身が好み慣れ親しんだ場所が、「テロ現場」としてこの国のテレビで放映される度に心を痛めている——リエージュのサン＝ランベール広場、ニースの海岸沿いの遊歩道、パリの共和国広場（Place de la République）……。爆弾による襲撃事件であり、銃撃戦がつづくこともある。現場に居合わせてしまった者や負傷した被害者、死亡した被害者の遺族はもちろんのことトラウマを負う。多くは実際上のＰＴＳＤ（ポスト・トラウマティーク・ストレス症候群）

を患い、穏やかな眠りが無理であるのはもちろんのこと、目覚めていても、刻々と恐怖と強い哀しみに襲われて、もはや知覚はこれまでのものではなく、二度と以前のような生活を送ることはできない。二〇一五年のパリ十一区、いわゆる「シャルリー・エブド襲撃事件」の場合、フランス政府（オランド大統領）がただちに国家非常事態宣言（憲法の一部を停止する軍隊出動なしの準戒厳令）を宣言し、二十名以上の集会の禁止等の自由の制限など（司法については米国〔グァンタナモや逮捕要件の軽減〕と異なり少なくとも未詳）が行われ、二年間異常な状態がつづいたこともあり、フランス全土の住民がこれまでとは異なる生活となり、これまでの日常はもはや取り戻せずにいる――パンを買いに行くにも、映画を観に行くにも、常に爆弾の影が脳裏をよぎることも多いだろう。最初期の例のひとつであり百人以上の犠牲を出したベルギー、リエージュの住民も同じことだ。

そうであるにしても、ここでは根本的な問題を考えてみることとしたい。

対称性の問いである。イラク（湾岸戦争、イラク戦争）、シリアなどと、九〇年代以降だけでも多くの死傷者を出してきた中東の国々にも、同じように被害者がいて、遺族がおり、爆撃と銃撃のなか逃げ惑った当事者たちがいる。つまりフランスやベルギーのひとびとと同じように、本来あるべき自然で平穏な精神の状態で生きていられないひとたちが多数いる――犠牲者数の問題は非対称性そのものであるもののここでは問わない。

しかしながら、イラクやシリアの地に生きる市井のひとびとの気もちや様子、語りたいことはわたしたち日本の住民の耳には入ってこない。トラウマを抱えた日々が戦場のようであるとの思いもテレビやラジオから耳に聞こえてこない。同じように学校や集合住宅が爆撃された映像も、写真やテレビ映像として目にすることもない。受動的な状態でいても、テレビをつけていれば自然とたとえ無意識にでも目や耳に入ってくるテロ事件の現場の惨状とは異なり、中東の側の状況は——それというのも米国及びヨーロッパ、日本・韓国・オーストラリアと、いまだ屈さない中東の数ヵ国との〈戦争〉が問題であるからだが——、よほど能動的に意識して行動しなければ知ることがない。知ることがない、知覚したことがない、想像したこともないとなれば、戦争にせよ、加害者と被害者とがある事件にしても、どのような関係、正と負、正と悪、真と偽、多数と少数にしてみても、対称である、つまり一方があり他方がある、一方が原因であり他方が結果であり、反対の立場から見れば、他方が原因であり一方が結果であるといった関係の〈一方（ないし他方）〉だけがエクリプス、トータル・エクリプスとして、わたしたちの意識から消し去られているのではないだろうか。

対称の問い。ここでは均衡の取れたふたつのものごとあるいは対称の関係〔シンメトリー〕だけではなく、一揃いのペアが数学的に、あるいは幾何学的に非対称である場合も入れて、非対称である場合ならばなおさらのこと重要であることとしてこの語を使っている。

「対称（非対称）」は、戦争のような争いごとにおいて、それぞれの側から見た他方があるからこちらもあるといった相互作用、相互の影響、相互の原因と結果の関係となっている。攻撃が荒々しくなり、被害が増大するならば、状況は相乗的に悪化しているとも考えられる。

爆撃と自殺爆弾の応酬はなぜ終わらないのであろうか。戦争状態においては、他方が止めないからこちらも止めないということになるだろう。少なくとも戦後のパレスチナの土地の問題（英国領→イスラエル国家。先住していたパレスチナ人の流浪、国家をもたない状態）にまで遡ることはできる。ここでも後期近代の時代の話なのだから、経済（国富）が第一、政治が従属、戦争は手段となる。宗教上の対立、原理主義対原理主義、つまり異教徒であり、なおかつ信仰上の仇敵でもあるから、大仰に言えば「殺しても構わない」、そうした思いが背景にあるとの仮説もあるだろう。しかし、それを客観的に〈原因〉として証明することは容易ではないし、ここで考えている論理の問いの解答としてはふさわしくない。

「対称（非対称）」の二項のペアが、当事者たちから見て、つまりテロの被害者と爆撃の被害者たちから見て、相手の苦しむ様子が見えないということは、世界の世論の動きにも影響を及ぼしている。実際の被害者であれば、たとえば理性的に判断のできる遺族であれば、逆説的にも、あちらはどうなっているのだろうか？との想像力（構想力）に至ることもあるだろう。孟子の言うところの「惻隠の情」である。実際に自らが経験したことがなければ、他者がいったいなにを悩み、なにに苦しんでいるのか知ることは難しい（これは言語を中心におけばヴィトゲンシュタイン『哲学探究』の問いであり、その際には他者の苦痛そのものではなく、他者の苦痛が伝えられる言語の認識の仕組みが考察の対象となる、他者の苦痛は訊いてみなければ分からない、言語を通してしか理解し得ない、と――他者の苦痛の経験はまさに対称性を原理とするレヴィナス倫理哲学の主要な問いでもあり、年代を経るという意味での結論としては共通の傷つきやすさ vulnérabilité〔人間という脆い存在が負傷しやすいこと〕から導かれる「他者の苦痛に対する苦痛」、他者の傷への「感応」が理解に近い応接であり、そのための方法としては「他者の身に自らの存在を措く（substituer）」ということになるが、これはここで述べている想像力・構想力であり、そのためにはやはり自らが有する「傷つきやすさ」自体に気づく〈経験〉が必要とされる[二四]）。

つまりデモクラシーの堕落、その全般的堕落のなかには、政治家の教養・知性と道徳の堕落、有権者・民衆の側の主権者たる責任の放棄、主権を託した代理人たる仮の為政者たちと同様の教養と知性の堕落、次世代の縷々たる将来の社会を支える未来の主権者民衆、子どもたちへの教育の放棄、模範の放棄、教育予算も社会保障予算も削減されてなお他人ごとのように捉えたり「耐え忍ぶ」主権者民衆……等々、数知れないことがらが含まれている。

制度の面では三権分立の崩壊――タイ王国において、権力者による不当な野党弾圧を憲法裁判所が違憲と判断し、弾圧のプロセスを制止する判決を下したことをうらやましく思う朝の数時間後にこの草稿を書いている（令和二年一月二十二日）――、意味のない野党が幅を利かせていることで、与党を補完する勢力となっている構造がつづく政党制度の崩壊――これも主権者民衆つまりわたしたちの多くが投票にさえ行かなくなった怠慢のしっぺ返しであり、政権の政策に不満を溜めた民衆が過半数となっても宗教政治団体の組織票、固定票に敵うわけがない――NHK総合が放映する、日本に暮らす外国人たちが日本の文化や社会について共通言語英語で語る番組のなかで、「退職届代理サーヴィス商」について、「世界中どこの国にでも労働組合があるのだから、労働組合が対処すべきことがらだ」と主張していたヨーロッパの青年の発言を聞きながら、「ああ、その労働組合を、わたしたちの国の労働者〔サラリーマン〕たちは、アカだからけしからんと自分たちの手でまんまと壊してなくしてしまったのだよ」と数カ月前に心のなかでつぶやいたことを思い出しつつ……――近代デモクラシーにおいて、各国の憲法によって保障されている「国民主権者の〔政策・裁判官判決の是非の判断のための材料として十分な情報を〕知る権利」を支え、デモクラシーの主要な補完機能となっていた「ジャーナリズム」（マス・メディアが経営全体のなか、社会的責任として負う一事業）がなく、ますますなくなっていることが、これら堕落の主要な原因であるだろう。

後期近代デモクラシーを生きるわたしたちは、スピノザが宗教の「奇蹟」について語ったように、「説明されてはいないけれども〔学問・論理により事象の発生の原因と結果を科学的に〕説明できる」事々によって、宗教のように、行動のみならず思考や想像までもが規制〔コントロール〕されている。

戦争において、相手、対称のもう一方の姿を見ないのも、労働組合ほか、自分たちの権利〔マス・メディアのことばを使えば「既得権益」〕を自主的にことごとく廃止してきたのも、この堕落した商いデモクラシー環境下での「因習」であり「妄信」が、看過できない原因のひとつとなっている。

なぜこのような話を書いているかといえば、各市民団体・国際機関が主張するような、ある国の為政者が法と人権を護っていないとの批判に対して、「なら戦争だ」と短絡的に考えて欲しくないからである。

また同時に、デモクラシーこそが最良の政体であり、デモクラシーでない国家とその国民は侵略や攻撃の的にされてもしかたないとの、非論理的で反法原理的な思い込みにブレーキをかけ、客観的な思考と判断を促したいからでもある。

つまり白痴政（imbecillocratie, idiocratie）から民主政を取り戻さなければならない。

＊　＊　＊

ところで、文明の誕生、つまりわたしたちの歴史、人類史が始まり、まだようやく五千年ほどかという現在、地球は消尽され、自然体系は破壊寸前にある。この急激な変化のポイントとなるのが、一八三〇年代の〈後期近代〉の誕生である。

産業社会が進み、世界不況以降は「産学連携」という、ビジネス利益への科学の従属が進んでいる。わたしたちが言語を獲得し、歴史的虚構とはいえ社会契約（contrat social, pacte social）により、〈理性〉の力を発揮することで自然な傾向に抗いデモクラシー社会を構築しようと決意してから二百年も経っていない。もはやこの近代デモクラシーの理念自体が、虚構の話であり、市場を大きくしてみんなで儲けようとの商人的な話であったのではないかとさえ勘ぐりたくなる。これが理性による社会？　テクノロジー、テクノエコノミクスにより、ハンバーガーやテレビ娯楽番組を日々消費するのと同じことであるかのように、地球四十六億年の営みを消費、消尽、蕩尽してしまったのに（Bataille, 1976; Polanyi et al., 2001）。

その果てに人工的に新たな地層と地質時代まで造り出してしまったことに、四十六億歳の地球という時間の長さ、一兆八百三十三億立法キロメートルの体積と五・一億平方キロメートルの表面積という地球のもつ大きさを前に、まさに至高性（souveraineté）そのものであるかのような存在は、デモクラシー下にある「主権」など地球上の覇者と自称する永遠の時代〈近代〉の人間ともども嘲笑うかのようであることを思い出させられることで、西欧や北米のほとんどの国々の社会がそうであるように、メディアがジャーナリズムとして多少なりとも機能している社会のひとびとであり、経済活動に強制された人生と日々の圧迫的な暮らしで脳が混乱して目的を見失ったり痴呆のように「バラエティー番組」を見つづけたり「スマホ・ゲーム」に人波のなか没頭するように成り果てたりした者以外であれば、つまり知性を保つ教養人であれば誰もが深刻なこと、深刻ということばでは表せない所業にことばを失うほどに戸惑っているのが、現在の現実の世界の状況である。たった二百年で新たな地質時代を造り上げてしまった驚きは、十分に理性ある者ならば以下のようなものとなるだろう。

我々が踏み入ったこの新たな時代〈人新世〉は、現在もまたこれからの未来に亘っても自分たち人類が責任者であるとのただひとつの確信を元に構成されつづける。これ以降、わたしたちは神々しい太陽に並び比されることもできるし、大洋の千波万波に、地殻プレートに、それどころか神々にさえ比肩され得るようになった。「わたしたち」、つまり君やわたしが、大地を変える力となったのだ。

このことばは、著書『廃棄物人〔ゴミ人間〕』にて人新世（アントロポセーヌ）とは「ゴミ捨て世」（プーベロセーヌ）だと後期近代人を弾劾した若き社会学者モンサンジョンのものだ(Monsaingeon, 2017, p.13)。わたしたち後期近代人が限度を知らずに飽くなき欲望のなか踏み入った時代、つまり人新世を目前にしたこの時代を彼は、「万事の秩序が不確定」で、「我々は地球上に生き延びることができるのかと考えさせるカタストロフの時代」と呼んでいる。彼だけではない。「カタストロフ」や「アポカリプス」、「ポスト・ヒューマン」は、西欧（またより弱い関心ながら北米）の各研究・教育機関でも、出版界でも、一番人気のあるテーマのひとつである。

日本のような社会・メディア環境に生きていれば、アントロポセーンを知らない（知らないとは無関心であることとは異なる）、さほど気にしたり、考えたことがなくても当然である――筆者自身もたまたま共同研究に誘われて調べてみればすでに大きなうねりとなっていることに驚いたのが数年前。

しかし西ヨーロッパでは、不景気や公的分野への財政支出削減、ユーロ圏（「ヨーロッパ」[二五]、ヨーロッパ連合・議会）の行方や、中近東でつづく米国とその協力国たちによる侵略戦争、一向にまとまらない相次ぐ貿易協定協議、第二の天安門事件が危ぶまれる香港よりも、中長期的に見ればはるかに深刻な問題として受け止められている。

Ⅱ. 後期近代とモード、その終焉

紅梅色【こうばいいろ】

紅梅の花の色に似て、かすかに
紫みを含む淡い紅の色
Rose Pink

千歳緑【せんさいみどり】

常葉の松の緑のような濃く暗い
緑色
Bottle Green

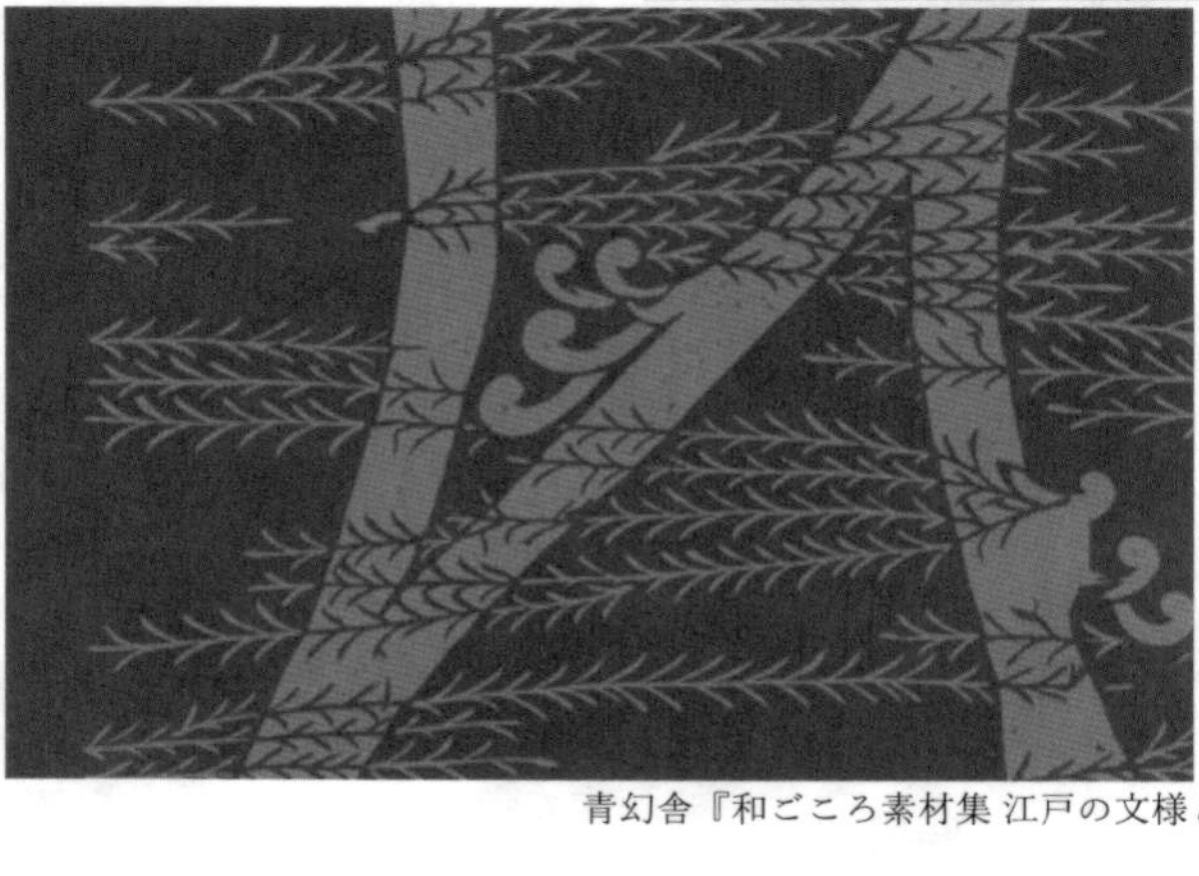

青幻舎『和ごころ素材集 江戸の文様と伝統色』より

第四章　モードが骨董品となるとき

一．モードが骨董品となる時代

〈後期近代〉は、流行の加速に彩られていた。流行が需要を生み、まだ使えるけれども「格好悪い」ものは捨てられてきた。流行の現象が経済を支えてきた。後期近代資本主義という特殊な経済システムだ。流行商品のなかでも代表的なものは、その名も「モード」でありつづけた。ファッション、流行のために製作される特殊な衣服である。後期近代よりも前にそのようなものは人類生活のなかになかった。

フランスの批評家、ロラン・バルトは、「モードの商業的神話」を説いた。[二六]新たに視るきらびやかなものはひとを惹きつけて身に纏いたいと思わせた。衣装は人格の一部と信じられるまでになっていた。ワンシーズンだけのエフェメラとして消えながら、着飾る瞬間がやがて過去となり記憶となる時間に永遠の現在として刻印されるのだと、写真の神話のように信じ込ませるものがモードであった。ひとびとを夢見させたこの「モードの商業的神話」は、現在でも有効なのだろうか？

バルトがモードの歴史を検証しなければならないとしてこのことばを使ったのは、一九五三年のこと。当時は、戦後復興「栄光の三十年」が始まった時期で、先進諸国は未曾有の好景気、そしてモードはと言えばディオールからサン＝ローランへの黄金時代であった。対する現在は、二百年近くつづいた〈後期近代〉が地球もろとも崩れ去ろうという時代である。世界資本主義とその上に築かれた文化や生活様式が崩れ落ちようとしているばかりでなく、地球そのものが崩れ去ろうとしている。この好景気の間にわたしたち人類は年間平均約一万種の生物を絶滅させてきた。二〇二一年一月中旬には、サハラ砂漠に降雪があった。気候異常でも生態系・生物多様性破壊であっても我関せずと、世界経済を回復させようと信じている者たちは、人工知能分野が新たな商品とサーヴィスの宝庫となると期待を寄せている。人工知能とロボット工学が発展すると紛い物の極楽鳥が痩せ細った地球の空を舞うようになるのであろうか、それとも人新世のプラスチックごみやダイオキシンに塗れた土壌にがまんできなくなったほんものの極楽鳥が環境適応によってふたたび飛ぶようになるのであろうか？　庭師鳥や東屋鳥の雄は、雌を呼び込むために、巣をライヴァルよりも立派に造りきれいに掃除をし、極楽鳥は美しい羽を広げて魅了しようとする。その作業もその羽の柄も、いつもたいてい同じであり、モードのように移り変わりはしないけれども。

近代（＝現代）は、目まぐるしい速度での様式の変化に特徴づけられる。移ろいゆくとは、生命のように運動がつづいていること。その運動のなかにやがて到来する死が待っていること。花はやがて枯れるからなお美しい。〈後期近代〉に、ひとびとは、熱の移動、要素の運動を止めたもの、要するに生命の鼓動を止めたものを剝製や化石、標本類として、なかでも芸術的価値の高いものは〈骨董品〉としてきた。わたしは「モード」は骨董品になるだろうと思っている。

先ほど立てた問い、「モードの商業的神話」は、現在でも有効なのか？に対する結論は、このようにすでに用意されている。モードは一般的な現象であることを止め、ごく少数の富裕者のためのオート・クーチュールとその他より多くの富裕者のためのプレタポルテに戻り、モードの数々の栄光と作品は、絶滅した生物種と同じように生命を失った剝製として博物館に展示されるようになるのであろう。骨董品である。

本章ではこの初めから用意された結論のための機械的な傍証だけではなく、筆者なりの「なぜ」との理由の背景を考えながら「これから」の提唱を行いたいと思う。前提となるのは、〈後期近代〉という一時代の黄昏であり、社会も地球も疲弊しているなか、この一時代の寵児であった〈ファッション（流行）〉もまた息切れを見せていることである。ここで用いているモードに宿る「生命」とは、もちろん譬喩である。現実の生命について、わたしたちはなにも分かっていない。細胞の分裂や組織の再生、生殖による新たな生命の誕生を、科学はわたしたちに説明してくれる。しかしながら、「生命」とはなにか、生きているという現象がなぜ生じるのか、どのように最初の生命は宿り、いま生きているものたちは生きているのかについては、なにも説明してくれない。いまだ大きな謎として残されている。

さて一八三〇年代のパリに出現した〈後期近代〉の中心に〈モード（ファッション）〉はあった。〈後期近代〉の社会と生活の様式と同時に〈モード＝流行〉の現象は誕生する。それから二百年近くが経った現在、ファッション界は、ビジネスとしてだけではなく、その文化的価値としても、現在ある種の困難に突き当たっている。

服飾の地と思われがちなフランスでも、王族や貴族でもない庶民が、自由に服装を選べるようになったのは、フランス革命により基本的人権が確立されてからのこと、このことが憲法となり、護られるようになってからのことである。

着飾ること、モードの進化の歴史は、フランス革命で約束された諸権利が、自由市場で一気に花開く一八三〇年代のパリに生まれたといってよい。[二七] モードとは、ブルジョワ、つまり富裕な商人が社会を支配する正統性をもつためのアイデンティティだとも言える。高価な服装は、貧乏人から「区別」される。[二八]

なぜ憲法が必要なのか？　獲得した民衆の諸権利を自らが護るため。なぜファッションが必要なのか？……、自明ではない。

革命前の旧制度《アンシアン・レジーム》の王政下では、支配階級は自由に華麗な衣装を纏って生活をし、民衆は服飾が規制されていた。こうして支配階級は、支配される階級との「区別」を保っていた。一七八九年の革命を経て、一八三〇年七月革命で突如支配階級となった商業市民《ブルジョワ》たちは、血脈や勲章のような支配することの正統となるアイデンティティをもっていなかった。自由な装いで飾ることができ、服飾をビジネスとすることもできるし、ビジネスで得た金銭を高価な衣服や装飾品の購入に使うこともできるようになった。しかし自分たちを集合的に表す紋章の類がない。そこで商業市民たちは杖や山高帽で着飾り、自分たちが流行の先端にあるブルジョワジーであることを衒《てら》うようになった。他の社会階層から区別して見られるためである。

後期近代特有の〈モード〉は、以下のことに特徴づけられる。服飾、着飾り、おしゃれをすることが、他者から「区別」され、「優越」したいとの願望に強く動機づけられていること（P.ブルデュー『ディスタンクシオン』を参照）。

二〇世紀両大戦期に世界経済の中心が米国となり、〈後期近代〉は米国のものとなり米国流となる。「経済大国」と呼ばれた日本は、米国型の社会様式を選択した。メディア、ビジネス、スペクタクル消費社会と、ヨーロッパとは異なり手作業から遠ざかり大規模産業化した社会が肥大した。さらに土地に固有の言語や文化も、絶滅するのではないかと危惧さえされるほどに伝統文化と断絶した。

後期近代の果てとでもいうべきわたしたちの居る場は、ファッション・ビジネスにおけるトリクル・ダウン・マーケティング戦略がもはや機能しない地点である。崩壊の原因は、〈後期近代〉の基盤そのものの飽和による地盤沈下、つまり世界市場の飽和状態である。ただしそもそもが〈後期近代〉とは、フェヒナーの法則による刺激の累乗の極限により流行の渦にひとびとを酔わせることで成り立っていた目まぐるしい時代であった。その行き着いた先の現代において、欲望を失い感じない存在となった人間がますます増えている。このことについては、後の節でふたたび触れることとしよう。

二〇世紀も第二次世界大戦後となり、先進諸国と呼ばれた世界の好景気のなか、ファッション産業は本格的に興隆する。トリクル・ダウンによるマーケティングが最も成功した業界である。ファッション・ショーからファッション誌、そして消費者へと、「流行」の商品化によりファッション・ビジネスは成り立っていた。ところが、業界を問わない現代の世界経済の未曾有の大不況のなか、ディフュージョン・ラインが増え、コングロマリットの大資本傘下となったメゾンは、ますますアート・ワークとのつながりを失い、作品ではなくて「商品」を売るようになっている。本章では一貫して、クラフト、手作業という服飾文化の原点からの乖離を、ファッションが置かれた隘路の原因に措いている。ビジネスなのかアートなのかとの、安定しない立場についても同様である。

一九八〇年代初頭に日本人デザイナーがパリを席巻した時代から、すでに三十五年を越えた。川久保玲や山本耀司の後続は、苦戦している。他方で、各有名コレクションでは、世界の和食ブームと同様に、〈和〉が意匠として注目を集めている。二一世紀ジャポニズムとでも呼ぶべき活況である。ところが、現実の日本は〈ファスト・ソサエティ〉とでも呼ぶべき、伝統文化を失った状況にある。この「時代閉塞の状況」も、川久保や山本のように昭和の「手仕事」と「手作業」中心の日本の暮らしぶりを実体験した世代と、若手との間に、日本の記憶の差があることに由来するのだろう。

メディアの進展があまりにも急速なので、わたしたちは自然の生成や土地、なによりも手と道具の動きから隔絶され、視覚を中心にし音響で補強する身心疲労の原因にほかならない過剰な刺激により自らを無理にでも興奮させる状態においてしまった。着飾ることは、後期近代の〈ファッション＝流行〉に始まることではない。土地と服飾文化との結びつきは、東南アジアからオセアニアにかけての極楽鳥であったり、北アメリカのトーテミズムであったり、その地に生きる自然の美しい生物を真似て、生きるために必要であるだけではもの足りずに羽根飾りやペインティング、入れ墨の装飾を始めた時からのものである。このような生きた服飾文化は、世界経済の波が地球全体を呑み込み各地を剝き出しにしながら文化多様性を絶滅させるなか、痕跡すら見られなくなってきている。

ニーチェがドイツでの後期近代黎明期に痛烈に批判した「骨董的歴史」こそが、時代が一回りして、いまや救いの道となるのかもしれない。絶滅した生物種が甦ることはない。文化にしても同様である。

二．〈ラ・モード〉、流行とはなにか？

一八三〇年に始まり十八年間つづくルイ＝フィリップによる七月帝政は、ビジネスマンと役人、雇われ人の天下となり、政権の側も君主を除いては同様と、「ブルジョワ政治」の時期として語られる。

一八三〇年に始まるこの時期、現在で言う「ファッション」fashion（英）や「モード」la mode（仏）の語が辞書のなかから甦生して社会で生きたことばとなり広まる。同時に新たな意味も帯びることになる。フランス語の〈モード〉も英語の〈ファッション〉も基本的には「流行」の意味である。

たとえば、英語の〈ファッション〉の方は、「特定の時代に人気〔ポピュラー〕のスタイル」の意味であり、「特に衣服、髪の毛、化粧などに関して」使用される。[29] ほか、〈衣服〉clothesの類義語「新スタイル製造・販売業」と、日本語となった「ファッション」の語に慣れ親しんだ者にはおなじみの意味である。[30]

他方、フランス語の〈モード〉は、ラテン語《modus》から借用された当初の意味は、「ある土地やある時期に特有の生活をしたり、思考をしたりする集団的なあり方」であった。その後の近代的意味は基本的に英語となった《fashion》と同じである。[31] 元々、表面積を計測する際の量を表すことばであったが、日常語として「ちょうどよい量」の意味も含み抱えていた。そこからフランス語文化では、一七世紀モラリスト流の「慎ましさ」を意味する語つまり概念が重要となる（《modestie》――控えめ・節度・謙虚――ほかが派生）。

一四八二年以降の意味や用法の変化は実に緩慢で、『ロベール歴史辞典』で挙げられるのは、「流行の」（《à la mode》, 1549）と「流行遅れになる」（《passer de mode》, 1747）の言い回しの登場以外は、一貫して「外観〔装い、ルックス〕に関係するあらゆること」の意味の持続となる。

ところが突如一九世紀半ばのこと、〈後期近代〉と〈市場・視覚社会〉の形成のなか、名詞《mode》は、フランス語文法では異例なことに形容詞の代用ともなる。「流行の衣服」（《des vêtements mode》, 1849）。

〈後期近代〉の誕生と〈流行現象《モード》〉発生とをほぼ同時期として、一八三〇年代においているのは、まったく根拠のないこじつけではない。〈モード〉という大衆社会の現象を、一八三〇年当時、つまり〈後期近代〉発祥の時点において研究したのが、語彙論・意味論の言語学者のアルジルダス＝ジュリアン・グレマスであった。この研究自体、一八三〇年に始まる七月王政がパリを流行の渦に巻き込んだために、フランス語を構成する語彙そのものが大きく変化したことを由来とするジョルジュ・マトレの研究（『ルイ＝フィリップ治世下の語彙と社会』、一九五一）を基盤としている。

そのグレマスは、「一八三〇年における〈モード〉――当時の流行紙に基づいた衣服用語の記述の試論」と題された国家博士号学位論文で、当時の用例から「モード、つまりおしゃれに身繕いすること〔トワレット〕に応用された美学」は、他人に「気に入られたい」、他人と「区別されたい」ことの根源的欲望だと言っている。それは、先立つ王政復古の時代の「精神習俗と服装の画一化〔ユニフォルム〕」があったからこそ、自由経済政策を採る七月王政開始の時期である一八三〇年に開花するとグレマスは見た。[三二]

この「区別《ディスタンクシオン》」、他者と「区別」されながら卓越化《ディスタンクシオン》する、そのための流行の装い。そのようなファッションという現象が登場するのは、〈後期近代〉に君主制時代の階級身分が真に崩壊し、万人が商人というゼロ地点からスタートするからであり、またこの時代が〈見る〉、〈見せる〉の視覚中心、社会全般のスペクタクル化を特徴とするからでもある。
この他者と区別されることで卓越しようとする欲望は、現代に至るまで〈後期近代〉の世界市場経済の根本的エネルギーでありつづける。

バルザックは、一八三〇年からのフランス社会の変化をいち早く遠くまで見抜いた目利きで、グレマスはこの小説家から「富裕者のデモクラシー」という語を引いている。フランス革命で約束されたはずのすべての男女のためのデモクラシー（政治への主権者としての参画）は、七月王政で現実化されるときには富裕者男性にしか許されなかった。いまから見ればあたりまえのことだが、バルザックはそれを、遅延されたデモクラシー[三三]がやっと初声を上げようかというときに見抜いて喝破したのだった。

ところで「区別」が重要なのだから、みんなが着たらもうおしゃれではない。おしゃれなものはみんなが着たがる。「区別」され「卓越」するには、逃げつづけなければならなくなる。〈後期近代〉は、この不思議な「流行」の現象を前提としている。〈後期近代〉は、外観、ルックス、見せかけの時代。逃げるために（見せびらかすための所有品を購入する）「衒示《げんじ》的消費」が興る。〈モード〉と〈アクチュアリテ〉[三四]とが現代の社会・生活様式の根幹となる。

二〇世紀最初の四十年間を生きた思想家ヴァルター・ベンヤミンは、〈後期近代〉という引き戻しのできない「一方通行街道」の旅の始まりを書いたときに、「礼儀作法に払う注意を怠らなくても、偽言に気を払わない人物は、なるほどしゃれた当代風（modisch〔モード〕）の装いであるかもしれないが、肌着もつけない丸裸同然と同じことだ」と〈見かけ〉を批判していた。[三五] でもいまは、内省、内面性、快適さに飢える時代。服装はデザインよりも着心地、不景気のなかできれば安くと、時代は一変した。欲望とファッションとは今後どうなるのか？　ファッションとはウソつきであるとのベンヤミンの弁は正しかったのか？

後期近代の端緒は、つぎのように要約できる。七月革命で突如万人が平板な一商業市民としてスタートラインに着くことになった。大衆のなか、富裕であることだけが権威となる。われわれはその末裔である。大量の無印のひとの渦にほかならない大衆のなかで、富裕であることを周囲に示す、富裕者であるからこそ購入できる服装で誇示する。「視る→欲しい」と捕食する市場のなか、横へ、下へと伝染する。みなが欲しくなる。

この構図は、最近まで変わらなかった。いまも「自分もみんなと一緒、富裕者」という〈意識〉は変わらないかもしれないが、〈現実〉は大きく異なってきている。

〈産業資本主義〉から〈金融資本主義〉までの百八十年、視覚のテクノロジー、革新と価値の高騰が、〈市場形成〉に必要な〈大衆消費者〉を養ってきた。そして〈後期近代〉[三六]から百八十年余り、〈世界資本主義〉の夜明けから長いときを経てわたしたちはいま立ち尽くしている。

三　いま、ここを求めて

〈後期近代〉は、移り気と流行、気分の時代であった。

一八三〇年代初頭、人気小説家となる前のバルザックは、『モード』紙（E・ジラルダン経営）にいまでいうコラムを寄稿している。よく言及されるものだが、ここでも「流行のことば」という風刺コラムを取りあげる。

このコラムでは、パリの富裕者サロンでの礼儀作法の《ハウ・ツーもの》であるかのような装いで、いまやパリは流行の渦にある、使用することばも新しくなければならない、誰かが気の利いたことばを使えば、へえ、なるほどと聴いていたテーブル同席者たちが、翌日にはたちまちのうちに四方八方で同じ文句を同じ流儀で真似る、だから誰も使ったことのない言い回しで突拍子もない返答をしたりと機転を利かせ、機知に富んだ新しい自分だけのことばでふるまわなければならない、と指南している。

おそらく、バルザックのこの冗談を理解したのは、パリでも文学などに通じた一部の教養ある元貴族やブルジョワ、地方ではもっと少なく、パリに上る前に真剣に、「教科書」のように文字通り受け止める読者が多かったことだろう。

バルザックによれば、流行のひととなるには人気有名店のもので身を包むだけでは足りず、会話やしぐさ、ふるまいを流行に合わせてどんどん変える（nuances）ことがたいせつで、そうすればほかのひとから「区別」される。〈気まぐれ〉であることが、〈後期近代〉の黎明期から、「いま風」なのだ。

バルザックが切り札の殺し文句として紹介しているのが、「いま、ここ」（《actualité》）ということばである。集まり（サークル）で、文学の趣味について批評している。黙って聴いていた流行人は最後に突然大声でいう。全部ダメだ、そんなことはそもそも問題ではないですよ、みなさん。「いまや書物も《アクチュアリテ》をもっていなくては……[三七]」。

フランス人は、「いや失礼、あなたが口にしたその語をよく知らないのですが……？」と尋ねることを恥に感じるプライド高い気質。たぶん、聞かれることもないだろうが、そのときはこんな風にふるまえばよい。黙って鼻で笑う。ああ、あなたはこの流行語をまだ知らないのですねと腹の中で笑いながら。あるいは「なんですって！　この語をほんとうにご存じないのですか？」と強い声でいう。バルザックによるこのような助言をそのまま受け容れてふるまえば、気が狂っている変なひととしか思われないだろう。それでも、バルザックは大衆時代の流行のメカニズムをよく理解している。

商的利益により社会階層の頂点に立った富裕なブルジョワたちは、プライドの拠り所に、教養や流行を身につけようとする。大多数の被支配階層大衆とは違うのだ、と。だから、「アクチュアリテ」ということばを初めて耳にすれば、その場では意味を問わなくても、サロンが散会となれば、あわてて意味を調べるだろう。そこで、まだひとに知られていない貴重なことばだと、別の場で使い始める。こうして、流行という現象は発生してゆくのだろう。この流行発生が、始原的な原型とすれば、バルザックがすでにこの文章を新聞に書いているように、マスメディアにより増幅され、流行現象が大規模に、全国土に、全先進諸国へ、さらに世界中へと拡散される。大規模であるからこそ流行の種は数が少なく「ユニフォーム」となるという貧しさがそこにはあるものの。

件の「アクチュアリテ」は、アリストテレス哲学（『形而上学《メタフュシカ》』、『デ・アニマ』など）から中世神学を経て現代まで、哲学史のなかでは、可能態ではない現実態、あるいは理念的対象ではなくて現象となった現実態などの意味で使われてきた。ただし日常語としては、長く「死語」であった[三八]。

いま再びビジネスは、「口コミ」が最大の効果があるという信念のもとに広報活動をしている。広報だけならまだよいけれども、それが制作するものの内容や質に反映していると問題が生じる。堕落の始まりだ。カスタマー、大衆消費者への迎合、すなわち《品質》の劣化。ビジネス版ポピュリズムである。時代に迎合しながらも、一般ユーザの星付け・批評と、職業批評家のそれとを区別して点数にし、レヴューを掲載している映画・テレビ・ドラマ紹介サイトRotten Tomatoes の方式は、青柿熟柿糅然、海老の鯛交りの啓蒙を忘れた「引き下げデモクラシー」のなか、責任をもたず訓練や修業を経ない雑魚《チャット》と責任ある魚《とと》に一線を引くひとつのあり得べき手段であろう。専門批評家は、その作品が芸術として、あるいは社会的に、いかに優れているか、映画作品なら映画史のなかでの位置やいま現在において有益であるかどうかにより判断する。カスタマーは、客なので当然のことではあるが、自分にとり有益であったかどうか、自分が満足したかどうかで判断する。本来は優れた作品であっても、たまたまそのお客さまにとっては「つまらない」「気に入らない」ものであれば、星をひとつつけて、一行で罵倒する。「わけわからない駄作」など。本ともなるとより酷くなる。専門的な修業をしていないものが学術書や人文書の批評をする。自分が買ってよかったと思わなければ、たとえばカント『判断力批判』についての本であるのに、早まって購入して期待通りでなく後悔するのであろう、「『純粋理性批判』を扱っていないカント本などカント本ではない」と一言「レビュー」し、星ひとつという暴力により書物を闇に葬ろうとする。問題は「レビュー」と「レヴュー」を読む側にリテラシーがあるかどうかである。実際に頓珍漢な「レビュー」が氾濫している。それらは、購入した者の気分しだいで星により「評価」され、一言添えられたものである。批評と情報交換の区別を読む側が意識しなければならない。新聞や専門誌の書評は、基本的にはその分野に通暁した者によりその作品や本が評価されるべきものなのかどうか、責任をもって書かれている。なにを読んだり観たりすべきか、そうした批評を参考にして、その商品は具体的にどのようであるのか、通販サイトの紹介に偽りはないのか、使い勝手はどうなのか、そうしたことを情報交換の場である「カスタマーレビュー」で参考にすべきである。

とりわけ小売業の広告活動は、「口コミ」が主流である。ブログやSNSあるいは地図アプリで、自社の製品は素晴らしい、自社の店舗や施設は素晴らしいと、できれば有名人に書いてもらう。たいていのウェブページには、ツイッターやフェイスブックのボタンがついていて、すぐさま拡散できる。さらにリツイートで自動的に広まってゆく。

ネット通販は、購入者の「レビュー」や「評価」に神経をとがらせている。しかしこれらはすべてが信用できるのであろうか。ある大手販売サイトでは、購入者が星を五つつけてレヴューをすれば千円返金するなどという商品も販売していて、案の定その商品のレヴューのほぼすべてが星五つ、こうした商品ページがまかり通っているのが現実である。「レビュー」代理店、ある商品の生産会社や販売会社が「カスタマーレビュー」を発注して、代理店が好レヴューを大量生産するなどという商売も繁盛している。所詮、素人がミシュラン・ガイドブックの鑑定人のごとく☆をつけるといったものではあるけれども、一八二〇－一八五〇年代までにパリで確立された「実見」による販売と購入といった後期近代の商品売買は、ネット通販や個人輸入代行業の拡大により崩れつつある。情報が少ないので、この商品が優れているのかどうか判断のつかない消費者は、すでに購入して実物を見て触ってから使っているひとの「レビュー」や「評価」に頼るしかない。

インターネットの普及により、流行の創られ方も、商品の宣伝戦略も、ずいぶんと変わってきた。後期近代原点の口コミに戻ったかのようである。しかしネットがヴァーチャルなものとして捉えられていた時代と異なり、いまネットは、とりわけ「デジタル・ネイティブ世代」と呼ばれる若者たちにとっては、リアルな生活の一部そのものであることに留意しなければならないのであろう。

四．フェヒナーの法則で走ってきた後期近代

なぜ、トリクル・ダウンがもう機能しないのか？　どうして〈モード〉は、活きたものであることを止めて骨董品となろうというのか？この理屈を理解するには、〈後期近代〉全般の根底にある一種の「イントラ・フェストゥム（祭りのさなかにあるように感じる癲癇的躁状態）」（木村敏[三九]）と、その果てのリビドー（欲動）の涸渇とを前提としなければならない。そのとき、活きたように見える流行が自然ではなく、骨董品こそが自然なのではないかとの可能性も垣間見られるのではないかと思われる。

　さて〈後期近代〉の興奮と熱狂こそが、経済の活力であり、消費行動の源泉、需要を生み出してきた。パブリック・リレーションズは、現実の日々の生活を超えた〈刺激〉を与えてひとびとを消費の欲望の虜にしようと、おびただしい量の情報でわたしたちが生きる環境を日夜取り巻いている。スキャンダルを曝露し合い商業競争を展開する週刊誌やタブロイド紙のイエロー・ジャーナリズムの原理が、一見上品な顔つきをした分野も含めて様々な領域に滲透し、元々ないセンセーション（感興的興奮）を捏造するセンセーショナリズムが社会にもひとびとの意識にも蔓延することで、世界市場原理は自らの充足を保ってきた。ひとびとに働きかける

PRは、情報量では〈イマージュ（動画、画像）〉、情動的には〈音〉が効果をもっていた。映画技術は、このふたつを総合した。後期近代が誕生した一八三〇年には、まだ写真機すら存在しなかった。やっとカメラ・ルキダがごく一部で使用され、手許に投影された光景を「手」でトレースすることができるようになった時代。それがいまではスマートフォンで「動画」を視聴することもできる。人類史のなかで文明が興ってからの約五千年だけを考えても、イメージの世界は驚異的な速度で進展した。

〈後期近代〉が、市場経済、市場での需要の増加、増加を起こす欲望、欲望を刺激するスペクタクルで支えられてきたと仮定してみよう。刺激による消費欲望の鑿開《さっかい》、一旦は沈静しかけた欲望を呼び覚ます新たな刺激の数と量の増加が際限なく加速しながらつづけられてきたとする。わたしたち（の神経と感覚）は、眠ろうとした途端に電気ショックや轟音で起こされているようなものだ。後期近代の社会生活は、市場での商いに関わりながら生きるよりほかない経済制度に縛られている。そこで、後期近代のもうひとつの特徴である〈視覚〉を中心とする刺激の増加は、ただ楽しみとして芸術や自然を鑑賞する欲望の増大から生まれるだけではない。絶え間ない刺激の増加による興奮の発動、消費欲望を喚起することが社会の動力となるからだ。自給自足ではなくて、市場を介して金銭を得て、得た金銭で生活品を購入する社会では、商品が売れること、そのためには需要（消費欲望）が必要だとの原則から逃れることはできない。新商品や斬新なアピールも、やがてはひとびとの感覚と欲望が慣れてしまう。購入されなくなる。そこでさらに刺激を増加する。消費欲を沸き起こさせる新モデル、新機能、流行デザインなど機能やデザインだけではなく、あたかも自分がその人物に成ることができて、その人物の生活に自己の生活が変身するかのようなイメージが、新たな広告とともに投入される。このサイクルが積み重ねられて蓄積される。どのように積み重なるかをもっともよく説明するのは、フェヒナーの法則であろう。フェヒナーの法則の方程式が正しければ、アナログ時代においても一日に六千件以上の広告情報を受けてきたわたしたち後期近代人の感覚と欲望は、すでにすっかり麻痺したとしても不思議ではない情報量を被曝している。

この百八十五年の間、刺激の膨張がつづけられてきたのだから、わたしたちの神経が正常に反応しているかどうかも定かではない。刺激量の増加は、市場での競争と結びついているので止めることができない。その増加の速度は、フェヒナーの法則の方程式で解かれるような、冪指数による増加と加速であるだろう。情報の増加量と、ヒトが浴びる情報の刺激と興奮の覚醒状態との著しい増加は、たった百八十五年の後期近代などとは言えないものである。

音や、音の組み合わせ、リズムとの複合、静止映像の色彩の濃度や数、明るさ、形状などの組み合わせ、映像の運動など、ひとびとを興奮させる刺激はさまざまにあり、さらに複合したかたちでもたらされる。そのような複合から成る刺激の量が、初めはたとえば一〇〇で興奮させたとする。初期値での興奮に無関心となると、つぎの閾値に刺激強度を増やさなければひとはもう興奮しない。ただの刺激量の足し算では、人間の感覚（知覚－意識）は反応しない。

魅力的であるとか斬新であるとかいった感情は抜きにして、最初にひとを興奮させ、ともかく変化があったと注意を多少なりとも集めた視覚や音声、その動きやリズムの、感官を刺激して知覚させ意識させた刺激量の総和が一〇〇だったとする（基礎刺激量の初期値）。感覚量Eを充たしていた。つぎに「別のもの（新しいもの）」に変化したと感じさせるまでの、刺激量が一一〇だったとしよう（刺激強度一〇の増加）。そのつぎにまた一〇を加算して一二〇の刺激強度にすれば、変化に気づいてくれると思うのが自然である。ところが人間の感官と認識の能力は、そのようにはできていない。

上の最初の段階一〇〇、つぎの段階が一一〇という、初期値一〇〇の音声や映像のスペクタクルは、刺激強度を一〇%増やさなければ知覚されなかった種類の刺激である。すると、つぎに変化が感じとられるのは、刺激強度一二一のときとなる（増分は100+(110×0.1〔=10%〕)。同じことを逆に戻って対数で表せば、E〔二段階目〕は、(1.1)〔最初に有効だった刺激強度増加の乗算分〕*log*Rで、だからR〔必要な刺激強度〕は、$E=(1.1)^2\times100$〔ベースの数〕となる[四〇]。この冪指数が、つぎに変化が知覚される閾の段階を示していることになる。三段階目の場合は、$E=(1.1)^3\times100$なので、133.1。四段階目では、$E=(1.1)^4\times100$で、必要な刺激強度は146.41。

フェヒナーの法則の肝要な点は、感覚、刺激を感じる閾値が（刺激への慣れに従って）増加し、変化するという、彼がヴェーバーから引き継いだ前提にある。この例をつづけてゆくと、一〇時間に一回の感覚量（興奮、変化の知覚）を必ず定期的に起こすとして、一日後には125.74、一週間後には495.85となる。一ヵ月（三十日）後が95,516.85、一年（三六五日）後におおよそ10^{38}（=10e38）以上[四一]に達する。[四二]

フェヒナーの法則では感覚の強度、要するに意識が変化を感じて、場合によっては上昇させる興奮の強度（量）[四三]は、Rの対数となる。E=KlogR（E＝感覚量、R＝刺激強度・刺激水準）。

このようなことを百八十五年もつづけていれば途方もない刺激量の環境（surroundings）を生きるはめになる。乗数効果どころではない。フェヒナーの法則では、刺激により増大を感じる側での（人間能力の）閾、閾値というものがある。人間の感覚は、外からやってくる刺激量の増減に対して、増減量の「対数」でしか変化を感じ取ることができない。この対数でしか知覚しない、認識しないという一種の防護壁を飛び越えるために、刺激を与える側では単なる足し算やかけ算ではなくて、乗数の指数、100^{10}の10の方で増加させなければならない。それが途轍もないことであることは、10^5=100,000、10^6=1,000,000、10^9=1,000,000,000を考えれば想像できる。

ここに至り、わたしたち後期近代人は「刺激頂」に達してしまったのかもしれない。もはや、刺激を増やしても、なにも感じない。自然に備わった人間能力の感じる力の閾の限界に達してしまったという意味である。

後期近代もここまで来れば、むしろオールド・スタイルであったり、音楽なら静寂、美術なら写実的な静物画の方が、「斬新」であったりする。

サン＝ローラン（Saint Laurent）で大鉈を振るったエディ・スリマヌがメゾンを去る前の最後のショー、二〇一六年秋冬コレクション（パリ）は、メゾン新館を会場に音楽がない静寂のなかで、出展の各作品を順番に説明する語りだけが響き、ひとびとが沈黙のなかフォルムを見つめる、これ以上の革新がないというフェヒナーの法則を逆手に取った後期近代の市場と文化の運動に乗じたアイディアだった。[44] 足すのではなくて「除く」ことで、「新しさ」を印象づけたのである（R[17]）。

ファッションが〈服飾〉の美と〈流行〉の欲望とに刻印されているのであれば、〈後期近代〉の興奮量の競り上げが限界・飽和状態に行き着いたかもしれないいま、ひとびとがもはやファッションに心惹かれないのも無理はない。

テクノロジーとメディア、視ることで経験の代用とする習慣は、身体の動作、手の働き、道具を使用するあり方とその存在を忘却させる。

刺激を動力源とする〈後期近代〉において、メディアの急速な進展は激越であった。日本では約七十年前にテレビ放送が開始され、音声と映像の融合で、スポーツ実況から映画作品、趣味講座までが提供される。こうしたメディアの発展は、自然のなかや、部屋の静物や人物、また美術館でさえ「視た」感覚を脳で処理しながら、「手」へとフィードバックして（その目や手と脳とのシグナルの反復フィードバック運動のループにより）〈模写〉する能力を奪う。ディスプレイやスピーカーからわたしたちは絶対的に隔絶されている。参加してスタジオの空気を味わうことも、ジャムセッションに飛び入りすることもできない。完全な〈受動性〉がそこにはある。こうして、わたしたちは時と場、その一瞬の偶発性から成る自然の生成の枠外に置かれることになる。

また、ひとえにメディアの問題だけではなくて、〈後期近代〉は、万事が商品となり市場で提供されることから、衣食住を「手づくり」で備える技術も失ってしまった。ファストファッションもファストフード、レトルト食品も、便利で簡単、安いと、受動性の極みである広告と情報を浴びながら、ついほんものを忘れてしまう。

こうして逆説的にも、先端メディアを駆使した場であったはずの〈ファッション〉は、そもそもの衣服を作って着るという手作業の原点から消費者を引き離してゆく。

五．後期近代の黄昏

先に、ファッション（モード）は、支配階級となった商業市民のアイデンティティということを書いた。

商業市民の優越性は、金銭の多寡、富裕であるかないかでシンプルに計られる。

服装の自由が権利となった民主的社会では、実際には富裕でないのに、相当な無理をしたり工夫をしたりして、富裕であるかのように装うこともできる。

この〈後期近代〉の社会構造から生まれた最大のマーケティング戦略が、「トリクル・ダウン」理論であった。英国発の経済政策論が、プロテスタントの国、米国で「マーケティング」となったことばなので、英語片仮名語である。

後期近代を構成するピラミッド階層そのものが、上から下へ滴り落ちる、下では情けの涙を待ち構える。「衒示《げんじ》的消費[四五]」の要素が強いファッション界では、この原理はより効くと思われてきた。後期近代の大衆、つまり世界資本主義市場となった全社会の住民は、「模倣の法則[四六]」で動くのでなおさらのことである。

トリクル・ダウンのチャレンジはつづくものの、もう機能しない。Armani Jeans に RL、コンシューマー・ラインはみなファッション・ショーでの各コレクションのデザインやコンセプトとかけ離れている。

DKNY やエンポリオ・アルマーニなど、セカンド・ラインが登場したときに、まだそれは芸術の薫りのするランウェイや、メゾンとデザイナーのカラーと関連があった。ところが、いまや〈ディフュージョン・ライン〉の時代。なぜ、わざわざ「ブランド」名が入っていなければいけないのか、余計恥ずかしいのではないか。「無印」が人気なのに……。このように消費者を代弁してみれば、どこかズレが確かにある。

「スーパー・モデル」から「カリスマ・モデル」まで、なんでも一緒くたにする日本で〈モデル〉人気としてしかけられた〈セレブリティ〉なら、若者の心はファッション市場に戻るだろうか？

かつて、ある論壇誌に「〈有名〉になりたいから〈セレブ〉になりたいへ」と書いたことがある。いま思えば、それは間違いだった。昭和のアイドルが〈有名〉の代表であり、平成に生きる十代は「セレブ」に憧れる……。

〈セレブ〉という当時幅を利かせていた新手のアイドル（偶像）を、日本語風にカテゴライズする風習を揶揄したつもりだった。しかし若者の本質はそんな簡単には変わらない。後期近代の唯一の取り柄だったかもしれない社会における民衆の「流動性」はもはやなく、社会は凝りに凝り固まってしまっただけで、アイドルもセレブも生きることに必要な同じ憧憬だった。それでも新しいカテゴリー「セレブ」は、なれないのになりたい、できれば生まれたかったと、遠い距離感のなか生じる不思議な願望の対象だった。王室の一員はもとより、大富豪資産家一族となることも夢でしかなくなった。階級制度と血脈主義が復古する現在、政治も家業という時代である。

今後は、オート・クチュールや、高級既製服を購入する人口も割合もより減少してゆく。ファッション、モードの服飾は、「骨董品」となり、ごく一部の富裕層コレクターのものになるだろう。革命前、デモクラシー以前の、階級別服飾制度のソフトな復活である。庶民には禁じられた骨董品となるだろう。ただし、これから述べてゆくように、それは否定的な側面だけではない。だがその前に、日本人デザイナーたちが華々しく世界の舞台に登場した時代を振り返ることにしよう。

六．日本人デザイナーと〈和〉の文化

日本人デザイナーが相次いでパリに進出した一九八〇年代初頭には、まだ「日本らしさ」とでも呼べる文化が日本には残っていた。その日本文化の残滓を反映したデザインが、未だヨーロッパでは斬新であった時代のことである。

一九八一年、山本耀司と川久保玲は、いわゆる「パリコレ」に進出する。翌年にはたちまち話題となる[四七]。

八〇年代のYOHJI YAMAMOTOとCOMME des GARÇONは、「カラス・ルック」と呼ばれた黒のイメージが強いが、八三年春夏、秋冬と、白が目に立つ。川久保の生成りは、いまでも新鮮で、フォルムを強調し、その均整を失ったフォルムが実に複雑な一瞬の偶然、「はかなさ」を感じさせる。既存にないまったき新しさ、優雅さを表現する。川久保の原点なのかもしれない。

一九七六年頃から三宅一生は、すでに身体運動のじゃまをしない衣服を意識し、有名なプリーツを使った幅の広いボトムも登場していたものの、色濃く日本の服飾文化を反映していた。冬羽織、頭巾に頬被りの完全防寒冬衣姿など。大正モダン風のとんびのようなシルエットの作品もある。同時に、横尾忠則のイラストレーションを意匠とするなど、「クール・ジャパン」という名以前のオリエンタルなポップカルチャーも意匠のひとつにあった。一九七六年には、

まだ日本が世界先進諸国地勢図の「ローカル」にあったことの顕れかもしれない。その後、現在にいたるまで、〈後期近代〉の流れに合わせるかのように、建築やプロダクトの領域に顕著な「純粋デザイン」とでも呼ぶべき道を進むことは周知の通りである。その間に、わたしたち日本人一般にとっても、「和装」は、奇を衒うかのような遺物となった。

日本人デザイナーの流行から三十年、四十年と時が過ぎた。巨人たちの後継者はなかなか現れない。その理由を――世界経済やファッション界の環境変化の問題はひとまずおき――本書では、手仕事と貧困脱却の「昭和」感覚のもち主と、写真も現像ではなくてパソコンでデジタル処理する社会に育ち、モノは豊富にあり、果汁一〇〇%ジュースもあたりまえで、地中海産のジャムも珍しくない時代に世に出た後続デザイナーや消費者たちとの間の、〈世代間格差〉の観点から考えてみたい。

この文脈では、どうしても山本耀司を取り上げるべきであろう。魂をデザインで表現してきた人物である。世の中は〈不平等〉だと、五、六歳というやっと理性が芽生えたかのような幼少期に肌で実感した。モノが豊かであることは、必ずしも個々人の〈心〉の豊かさにはつながらない。個々人の〈心〉が満たされなければ、全体としての社会は荒む。それでも、「自分だけみなと違う。恵まれた環境にないことは、自分でも、親のせいでもない」との感覚は、高度経済成長期に十代を過ごした山本には特別重いものであったに違いない。[四八]

敗戦後の焼け野原、貧困のなか母の家業である洋裁店を手伝いながら学校で学んだ山本少年にとって、「手作り」の、裁縫された服のぬくもりの感覚が人間性の滋養となったことは想像に難くない。「十代は非常に貧しく、おふくろが作ってくれた物を意味も分からずに着ていた」少年期から青年期にかけての生活である。この体験が、同時に山本の「強い意志」と、「責任」、また社会の規制となるあらゆる欺瞞的な良識からの「自由」への衝動を魂に刻んだことだろう。[四九]

二〇一五年にスタートしたライン「plyy by RAGNE KIKAS」で、なぜラグネ・キカス（エストニア出身）を採用したのかとの質問に対して、老いの数七十二の山本は『編むために生きている』人だ」からと答えてもいる。ニットも、手作業の感覚と切り離せない。「ワークショップ」のラインを廃止することを余儀なくされたことを悔いるのも、「仕事着はその人を洗練させる重要な要素」と、ただ身体を動かす作業のための衣服だからということではなく、自由度の少ない作業着をいかに着飾るか、その創意工夫がひとのファッション・センスを洗練させることを強調している。

このような山本のデザイン活動、表現による自由を鼓舞しつづけているものは、幼少期に身体で感じた世の中は「不平等」だとの「怒り」の魂である。自らの人生を切り拓いたデザインにより、社会のひとびとが置かれた境遇、不正義、不平等、窮屈さに対峙して「自由」の道を示しつづけている。

二〇〇八年に、上海で平和基金を創設した際には、中国の若者たちは（政府行政に対して）もっと怒りをもって然るべきだ、「ファッション・デザイナーになる、あるいは芸術家として生きるためには、君たちはもっと怒りをもたなければならない」とコメントしている。[五〇]

二〇〇〇年代に、政治社会の情勢変化が〈怒り〉に火を付けたのか、停滞を乗り越えて山本耀司は次々とファッション界に新風を巻き起こしてゆく。二〇一二年のパリ、ウィメンズでは、ミリタリーというよりは特攻服級の軍服を「藤絹」の素材などで仕上げている。日本の対中韓朝ナショナリズムや歴史修正主義への批判的言説も多くなる。

戦争、敗戦の匂いを知る世代のデザイナーにとり、〈表現〉はただ美のみを追究するものではない。政治、社会がおかしいと感じれば〈表現〉をもってプロテストする。そもそも、山本耀司にも川久保玲にも、そして多くの二〇世紀に登場したデザイナーにとり、服飾のデザインとは、自己の感覚から概念となった〈自由〉を服装として作り上げて提供することで、多くのひとびとに〈自由〉を共有してもらうことが目的でもあった。

先に言及したように、幼少期に敏感に世の中の「不平等」や社会の不正義を感じとった山本耀司は、生まれながらにしてセンス、センシビリティ、嗅覚の人間であったのだろう。「善き趣味（bon goût）」と「良識〔常識〕（bon sens）」とを、感覚（美）と理性とで対立させるのは、あまり意味のないことであり、むしろ両者は相互に合わさり成り立つ。善き趣味のもち主は、良識のもち主であり、逆もまたそうであることを、ここで取り上げているデザイナーたちは体現している。

山本を突き動かし美へと昇華する原点は、〈怒り〉であった。デザイナーを〈表現〉へと突き動かす衝動は、それぞれに異なるだろう。やはり、善き趣味と良識とを兼ね備える川久保玲は、頑なに芸術家（創作家）ではなくて、ビジネス・パーソンであることを強調する。その理由はモードがビジネスとなっていることからの疚しさのねじれであろうか、ともかくこれまでの活動ないし人生での体験から思うところあってのことだろう（勝手な思い込みを広げれば、大学教員時代の筆者が給与をお布施と呼んでいたことの思いと似ているのかもしれない）。動機はそれぞれに異なっても、また扱う素材がそれぞれに違っても、デザイナーは表現者であり、表現者はデザイナーである。後の節では、川久保玲の感性に診断された現代社会の病を、詩人・谷川俊太郎との、意図しないコラボレーションから見てゆくこととする。そこではデザイナーと詩人が後期近代の黄昏とでも呼ぶべき事態を詠う姿を見ることになる。「昭和ノスタルジー」であろうか？　然《さ》にあらず。世界経済の行き詰まりによる社会の狭量化、自由を民衆にとのかけ声の下、中東や中央アジアでの資源・利権地域への侵略戦争の頻発、同地で多くの民衆の血が流れ、兵士の血も滴り、それらに連れてテロが世界中で勃発、手段も先鋭化し、嘘から出た実《まこと》のように「テロとの戦争」に追われることになった。

一九八一年から次の節で話題とする二〇〇〇年代以降の〈和ブーム〉との間のどこかに、あるいはその間を通じてひっそりと、〈後期近代〉のターニング・ポイントがあったはずである。

このことは、後続で取りあげてゆくファッション・デザインの時流に、主潮流ではなくとも、前衛として反映されている。

七．二一世紀ジャポニズムとファスト・ソサエティ・ジャパン

二〇一六年の各都市でのファッション・ウィークスは、ニューヨーク、またFENDIなどミラノでも、〈和モチーフ〉にスポット・ライトのひとつが当てられた。〈和〉の争奪戦とでもいうべき活況であった。

二〇一六年ニューヨーク秋冬コレクションに合わせて、フィリップ・リムは、雀茶にラメのように光る白の大きな銀杏柄の着物、斜めに巻かれた蘇芳と蝉羽色との間のような紅葉色の細い帯など「和」のテーマを強調した。桜の枝花をポイントに使うことで、コレクションが「和」に染まった。アナ・スイは、六〇年代サイケと、明らかなレトロ路線。それでも、大きなMANGAデッサンが柄に散見される。そこが新しさか。

対するYOHJI YAMAMOTOの二〇一六春夏パリ、メンズでは、リネンや生成りをふんだんに使い、たっぷりな素材にゆったりしたフォルムがモチーフとなる。一九八三年が再来したか

のようでありながら、これは「コンフォタブル」を求める時代の要請と、山本の原点回帰が一致した結果だろう。自由が存分に表現され、まるで烙印（ブランド）を拒むかのようなシルエットである。ただ、回顧でないことは、かつてのモノトーンだけではなく、鮮やかなブルーやボルドーが唯一無二のものとなり、ほかに見ない新しい色合いであることからも分かる。無国籍、多国籍のモデルたちもまた、コスモポリタニズムを体現している。意匠に、MANGAのクール・ジャパンはない。それでもこれも時代の要請か、しかし逆に時代を乗り越えて先に立つかのように、大柄で、佐脇良之の妖怪図でもなければ、若冲描く「ゆるキャラ」風の神類や動物でもない、不思議で大胆な図柄が描かれている。

三宅一生、川久保玲、山本耀司たちがパリに進出したときには、〈和〉のオリエンタリズムで受け容れられたわけではない。当初、そこには一種のエキゾティシズムが新たな風となって吹いたことは否定できない。だが、彼ら彼女らは、〈和〉の顔をして、パリに媚びを売ることはなかった。やがて、ユニヴァーサルなデザインとして評価が確立されてゆくことになる。

時代は変わり、〈和〉そのものがファッション（デザイン）界で求められているのである。和ブームは、二〇〇二年春夏、オート・クーチュールの帝王イヴ・サン＝ローラン引退の年の「パリコレ」で、京刺繍の長艸敏明がステファン・ローランの誘いでコラボレーションしたことも火付け役のひとつだった。その後も、現在まで、西陣織と金箔の流行はつづく。

〈和〉モチーフ人気と比較すれば、日本の各メゾンはかつての活気を失っているなか、Ｍａｔｏｆｕは輝くことがある。二〇〇七年秋冬は、俄然よい［FB: 136］。西陣織をアクセントに使う。左右合わせの深い切込みのワンピース、印伝風の生地、普通の西洋風製法のレイヤード・レザーのようにも目に映る。立てた衿裏とベルトに金襴、金箔と螺鈿をふんだんに使った織地。新しい時代の働く女性といったクリエイティヴなイメージだ。

ここに妥協はなく、刷新をつづけながらも魂を残す伝統舞台芸能との共通点がある。印伝をレザーのように見せて、普遍的美を呈示することは、「ウソ」ではなくて「マコト」、「藝」である。

さて和ブームといっても、そもそものわたしたち日本人が西洋デザイン界から逆輸入で和の伝統を再発見する、はじめて知るといった時代である。戦後世代の日本人は、一九七六年とはほど遠い一変した時代に生きている。生活のなかに〈和〉はない。どこに〈和〉があるのか。「骨董品」のなかとなるだろう。骨董品には、鑑識眼もつ鑑定人が必要なように、古ければなんであれ骨董品というわけにはいかない。文化であり芸術であり、日々の生活からは遠くなってしまったけれども、貴重なものとして、歴史に残すべき「善き趣味」のものが骨董品となる資格があるのだろう。

能狂言も人気、文楽も人気、近年では各地の琵琶や三味線、民謡を嗜むひとも増える、日本美術はもとより人気、歌舞伎ももちろん人気だ。

だけれども、それらがすでに生活の一部というひとは少ない。「骨董品」である。これら伝統芸能は、ただの骨董ではない。時代に適応しながら〈進化〉しつづけている。進取の気のなか、歌舞伎を筆頭に、さまざまな新しい工夫をして、観客や鑑賞者を楽しませ、より好んでもらおうと努力をしている。常に進化、進歩を止めない。クォリティを下げずに、持続する。

八．詩人とデザイナーが詠う後期近代の鎮魂歌

サブカルチャーを扱う『SWITCH』誌が、二〇一五秋冬コレクションを中心に COMME des GARÇON の歩んだグラフィック・アートとメゾンのカラーの関係にスポットをあてた川久保玲特集を組んだことがある。[五一]

この特集に、詩人・谷川俊太郎が短い連作を寄せている。瞠目すべきは、日本で生まれ育った川久保玲が、環境の文化から受け継いだ余燼として無意識に残し、デザインにほのかに反映される残滓を、谷川の詩が見透かしているかのようなことだ。残滓とは、一例だけ取れば二〇〇〇年代末の COMME des GARÇON の作品、着物の「裏まさり」のように、派手な柄が裏地でモノトーンの黒が表のTシャツなどもまたそうだろう。さらに同誌では、あらかじめ

打ち合わせたのではと思われるほどに、日本と海外で活動するふたりが時代認識を共有し、作品に反映されていることも指摘するべきだろう。

谷川の詩から、いくつかを抜き書きする。

木は自然の産物
椅子は人間の作物
やがて朽ちる
空っぽの椅子に
この宇宙の
空間と時間とが座っている

（「空っぽ」から）

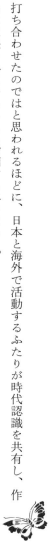

自然も朽ちる。人工物も朽ちる。それでも宇宙は残る。ひとももの消えても。生命あるものもないものも、といったところだろうか。

妻はコーヒー豆に凝っている
グーグルでアフリカの地図を見ている
難民の移動も確かめている
追っかけているつもりで
逃げ回ってるんじゃないか
脈絡なくそんな想いが浮かぶ
（「一家」から）

地球儀もグーグル・マップも地図に変わりはない。けれども、目的地に移動するリアリティとの距離感は異なる。コーヒー豆はフェアトレードなのか。関心をもち、支援する気もちでいても、デジタル社会の慌ただしさに流されてゆく。そんな思いが覗える。

京都服飾文化財団（KCI）による
「Future Beauty——日本ファッション：不連続の連続」展
公式図録（KCI、2014）より

『SWITCH』vol.33 - n°3、特集・COMME des GARÇON、
スイッチ・パブリッシング 、2015年2月 より

川上君

課長になったんだってね

嬉しいのかな

もう成長は無理だと思うけど

会社じゃなくて自分なら

まだ成熟の余地はあるはずだ

（「川上君」から）

谷川俊太郎の詩は、社会批判や政治言説の直接的表現を嫌う。熟年となってからは、哀しいことでも却って明るくさらりと歌う。ここでのトーンは、異例といってもよいかもしれない。「川上君」は、昭和から平成の現在まで生きてきた谷川による、「日本社会」のメタファーであるかのようだ。

COMME des GARÇON の、二〇一五年春夏コレクションのテーマは「薔薇と血」。薔薇そのものであるような艶やかな赤。華やかな花ほど肉食であったり、猛毒を含んでいたり。極楽鳥の如く目を引いておびき寄せるか、自身の華麗な姿の生命を護るためか。まさに、その意味で猛毒とも言える美しい赤で統一されている。

ところが、こぶドレスのような均整や対称を拒否した違和感のフォルムも健在であるものの、なによりも「血」のモチーフが目立つ。アクション・ペインティングなどではなくて、どうしても血しぶきとしか認識のしようのない、白地が血で染まった服が、薔薇一色のドレス約二十点のなかに点在する。それも銃弾で傷ついたり、刃物が突き刺さり、身体から血が吹き出して衣服に滲みついたりしたかのような、暴力を想起させるものだ。ヨーロッパでの薔薇は、キリスト教が「教会」という制度をもってから結束と秘密の象徴となり、〈後期近代〉ではブルジョワジーの富による支配権力の象徴ともなった。

川久保玲は、一九九四年のインタビューでの一問一答につぎのように答えている。東京オリンピックの思い出という問いには、「東京がすっかりすみにくくなった事」、当時までの三十年間で東京や日本人が変わった点には、「個性を失い、皆で渡ればこわくないに疑問を持たない」。川久保玲は、成功した日本人デザイナーのなかでも、一貫して〈自由〉を追いつづけ体現する。全体主義に疑問をもたない風潮、長野五輪、ロンドン、ある時点からオリンピックを開催しても、「公共事業—景気刺激」の効き目なく、反対に財政難に陥り、地元の経済は悪化、さらに環境が悪くなるといった傾向、これらをすでに理解しつくしているかのような返答は驚きを禁じ得ない。

ファッション・デザイナーも詩人も、クリエイターならではの感性があり、それを歌うのだろう。クリエイターなら誰でもというわけではなく、〈自由〉を価値観とする者だけが、〈自由〉の危機を察知するのだろう。[五二]

COMME des GARÇON は「クリエイションが第一」という姿勢を、彼女は決して崩そうとしない。クリエイションは、レクリエイションとは異なり、常に革新をつづけながら未来を呈示する真剣な勝負である。また、そこに「手仕事」の愉みがある。

九．極楽鳥は、日本はいま？

〈和〉ブームについて考えながら、気になっていた疑問がひとつある。そもそも文化は土地から切り離せるものだろうか。たとえば「着物」と《kimono》は同じものだろうか。〈後期近代〉に〈モード〉界や〈ファッション〉界が登場する以前から、もちろん着飾ることは現生人類の生活の一部だった。

いや、現生人類以前から、霊長類はもとより鳥類や哺乳類、生物の始原的な営みだった。

そもそも〈着飾る〉とはなんであろうか？

自然を忘れたわたしたち文明人に、極楽鳥は多くのことを教えてくれる。

極楽鳥の雄は、華麗な求愛ダンスで舞い、自らの生のかけらにほかならない次世代を残そうと雌を誘う。密林に護られていたニューギニアの極楽鳥は、そもそも驚くべき美に包まれている。全身の羽根のグラデーションは極彩色、頭部、嘴、尾と奇跡的な原色のアンサンブルで、全体の調和に身を包む。モード、ダンディやレディの原型、帽子にリボン、タイ、スカートないしパンタロンがそこにはある。祭祀に鳥の装いをする部族はさまざまある。ハレの舞台だ。

極楽鳥は一五二二年、マゼラン一行がスペインにもち帰り、西欧で知られているので、そのファンタジアに王族・貴族が魅了されたことは想像に難くない。ただそれは生命の営み、クラフトの精神のなかでこそ、輝き羽ばたく。

商業市民が支配する後期近代が西欧にあまねく広まろうかという一九世紀末から二〇世紀初頭への世紀転換期に、帽子用の羽根飾りなど「斬新」なファッション・アイテムとして、ニューギニアの極楽鳥は乱獲される。英国が待ったをかけて、自制が働いた。だから、わたしたちは今日でも、極楽鳥の姿を見ることができる。モードは美しいけれども、魂が洗われるような生命の神秘を見せてはくれない。それは文化よりも自然の領分で、森林、山岳、海中、あるいは近所の路上でも、鳥や植物が見せる瞬間的な、かすかな動き、光景と出逢ったときに、わたしたちはなにか忘れていたものを思い出させられたかのようにはっとする。

極楽鳥の雄は、恵まれた容姿に安穏としたりしない。雌を見かけダンスを舞う機会を待つ。庭師鳥や東屋鳥の仲間は、せっせと巣をつくるための植物類を運び、さらにきれいに掃除をして、雌が気に入るよう工夫して飾る。生命という貴重さを知っているから、努力も懸命なのだろう。もちろん、頭で理屈を咀嚼して、行動しているのではない。自然の衝動であり、だからこそ美しいのだ。

極楽鳥はニューギニアをはじめとする島々とオーストラリア大陸でしか羽を広げない。固有種や固有亜種と呼ばれる、土地々々に特有に生息する生命がある。

文化は、最初に土地と結びついて発生する。魅力的であれば、他の土地でも受け容れられる。ただし、「節度」を失うと、移入した側の文化が失われることになる。それもよいという意見ももちろんあるだろう。全世界がひとつの文化で結ばれたら素晴らしいという発想もあると思う。ここでは、文化の移植がどのような変化をもたらすかを述べるに留めておく。

一〇．骨董と歴史——ニーチェの場合

さて、長い本章も終わりに近づいてきた。散逸する話題(dis-cursus)の迂回を強いてしまった。読者はもうお分かりだと思う。「モードの商業的神話」は今日では有効かとの冒頭の問いへの答えは、否。〈後期近代〉はたしかな歪みを呈しており、トップ・ランナーであったからこそ〈モード〉は、いま〈後期近代〉の黄昏を前兆として告げている。流行としてのモードも、文化、ないし芸術としてのモードもまた、後期近代では経済的基盤の上下運動による影響を避けられないのである。

〈後期近代〉全般の運動、進捗の要所、折り返し地点のなかのファッションをここまで見てきた。経済的基盤が沈下しようというなか、ファッションはビジネスかアーツかの間でのゆらぎを離れ、文化・芸術的価値をより重視すれば、「骨董品」の最優先候補となる。作品が、「ハンディクラフト」(artisanal handicraft)、あるいは今日流の「ブレイン・クラフト」であっても、独創性と創意工夫により、手作業、自然の描写とその模写といった交感の能力を回復させるものであれば、なおさら貴重な「骨董品」となるだろう。

〈後期近代〉の様式は、市場経済とスペクタクルの融合であった。全力疾走の時代を牽引したのも、そもそもこの時代と同時に誕生したのも、ファッション＝流行であった。黄昏にもまた、前衛でありつづける可能性を秘めている。そして、〈後期近代〉の危機から、制度や機関、法人ではなく、わたしたちひとびとが脱却し、新たな時代様式での安息を得るのもまた、思考パターンを「骨董的歴史」の再評価から見直すことにあるだろう。これは、ニーチェが一度否定した概念だった。ただし、それは〈後期近代〉が活き活きとした生命をこれから得ようというドイツでの黎明期のことだった。

フリードリッヒ・ニーチェは、英仏に長く遅れたドイツで〈後期近代〉に向き合い、将来を見通した思想家だった。

『反時代的考察』の第二論文（「歴史が生命にもたらす恩恵と害について」）では、服装（der Rock）に触れている。「歴来の教養とブルジョワ市民的な『全世界一律の』制服とが同時進行で支配〔流行〕している」。盛んに「自由な人格」が主張されているのに、周りを見れば没個性な「全世界一律の人」しかいないと、「個々人は内面に引き籠もってしまった」と、没個性を嘆いている。[五三]

ニーチェの洞察力がバルザックのそれにも匹敵するのは、〈後期近代〉のドイツでの開始時点において、その行き着く果てを見通していたことが証している。[五四]

後期近代、市場社会で、既製服が街を歩いている。どこにも個性のない同じひとびと。フランス革命により、貴族階級でない市民が服装の自由を獲得したのに。本来は個性豊かなのに、意思を曲げて、意思も判断も行使することなく、画一的な社会に負けて個性を隠したひとびとである。自らにいつか訪れる「死」を隠蔽し、ハイデガーの言う「先駆的決意性」[五五]をもたずに、二十四時間電光掲示板を光らせている「コンビニエンスストア」[五六]の社会に満足しているかのように自己を欺き、この自己欺瞞[五七]に耽溺しているひとびとでもある。畢竟、このような生き方はアクティング・アウトすることなく、生命として可能的存在であるに甘んじて、化石のように生きているに過ぎない。

〈後期近代〉の断末魔の叫びがここかしこで聞かれるいまでは、新しい時代であったはずの当のもの自体が〈歴史〉となり、「人」、「民族」、「文化」を、殺すに至らしめるほどに、「生への害毒」を与えている。だからこそ、ニーチェの「骨董的歴史」を、反対側から読む必要があるのだ。「骨董的歴史」は、「記念碑的歴史」及び「批判的歴史」と対比されるが、いまでは〈後期近代〉こそが重圧となって、行動する者（記念碑的歴史人）、ここ二百年の歴史に審判を下そうとする言論者（批判的歴史人）を圧し拉ごうとしている。

ニーチェは、三種の歴史とも、「ただただある土壌とある風土のもとでのみ真っ直ぐに生長する」ものであり、他の気候の土地に移植しても雑草となり荒れ果てた土地は曠野となるのみと強調している（*ibid*, S. 224）。

文化は土着であり、根となり、木となり、渾然一体としている。文化や生命は土地に根ざすものであり、借り物の文化を自らの土地に移植することはできないのである。その土地で育った「木」に、他の土地で育った別文化を土や根の塊ではなくて「木」のように接ぎ木してみても、その足元、根は、決して強くはならないだろう。根腐れ、土地の荒廃というリスクもある。

記念碑的歴史に戻ることもできない。英雄的大行為どころか、顔のある個人が歴史的出来事を成すことすら不可能な時代。時間の加速のなか、動いているつもりで、なにも生産も創造も工作もしていない、肩で息するだけ、生きているだけといった様相を社会は呈している。

批評家の鑑識眼と大衆消費者の自己受動的群集方向定位のなか、ニーチェは骨董的歴史に価値を見ていないように読むことができる。過去の散逸した遺物を蒐集して、骨董としてただ鑑賞するだけの非活動性なのではないか？

ただ、ニーチェが書いたのは、まさにモデルネが台頭しつつあるドイツでのことだった。群集の発生、多数決という没個性、この危険をはらんだモデルネのなかで、もう戻ることもできないので、新たなパラダイムでいかに前向きに「生」を見出すか？　ニーチェは、生の認識よりも、生そのものがたいせつだと主張しているのだ。

ニーチェはいつも極端に書くが、ここでは骨董的歴史のみならず歴史主義全般が批判されている。教養より活動、知識よりも生。ただ、わたしたちは後期近代の帰結をすでに知っている。どこに顔があるだろう。どこに生があるだろう。

ニーチェが骨董的歴史を否定したのは、新たなドイツを迎えようという時代に弊害となる精神だからであった。「骨董的歴史は、生きることを覚ってもそれを奉安するだけで、新しい生命を産み落とそう（zeugen）とはしない」(*ibid.*, S. 227)。

詰まるところ、歴史が過剰になるところ、生の衰退が生じるとニーチェは言うのであるから、すでに歴史が過剰となり機能不全を起こしている〈後期近代〉もまた、歴史のなかに葬り、新たな時代を再度切り拓かなければならないと思われるのだ。ニーチェは、彼が生きた同時代の大衆が、「気散じ」と「センセーショナリズムによる興奮」のために画廊に殺到したことを嫌悪して、絵画を骨董の象徴とするのであれば、〈後期近代〉の成れの果てはもっとひどく、モネ展、等伯展、東京スカイツリー、富岡製糸場、すべてがフラットだ。行かなきゃ損々、おや絵を見ないで電光看板の前で記念撮影するのか、お土産を買うのか、そんなささやきが聞かれる。

ニーチェが批判する骨董的歴史の精神とは、変革を邪魔する、新たな時代の生成を妨げる、想像力を欠いたもののこと。ところが、〈後期近代〉の電動ベルトの上では、脳も疲弊しきって、消費者も、労働者も、これら一体の民衆が、新たな時代を切り拓こう、変革しようという考えに思い至ることもなく、行動するには疲れ切り、ただこの無限の回転地獄のなかに漂っている。いまや麻痺しているのは行為者たちの方で、骨董的歴史は、生命の感覚を記憶している者たちに変革の活力を与えると、立場が逆転しているのである。

「不滅でなくてはならぬ」、この骨董的精神のもち主が、〈文化〉を回復するだろう。

ファッションが生き生きとしていた時代、新しい時代精神をも生み出す時代、ファッションが〈文化〉になるとき、骨董品となるときに。

いまこそ過去を考察する力が求められているのである。《超後期近代人》となるために。[五八]

コンテンポラリー・アートを観ていても、どんなインスタレーションにももはや新しいものを感じない。芸術を凌駕するのは、新たな芸術分野だろう。頭が大きくなりすぎた。肌で感じる〈美〉の驚異、〈悦楽〉がそこにはない。

これまで商品と芸術の間で揺れていた、誕生期からしてあやふやなファッションが、服飾文化に戻るとき、それは芸術作品となり、骨董品となるとき。ニーチェによる「骨董的歴史人」は、「評価の定まったものや慣れ親しんだことに執着する」性格をもつ（*ibid.*, S.224）。評価が定まる、オーソライズされるとは、ファッションが芸術作品として確立されることにほかならない。

ニーチェの生きた一九世紀後半から末にかけてのドイツは、パリやロンドンと異なり、やっと近代が始まろうかといったところだった。それだけに、文化と芸術が充実していた。土地への敬愛もあった。なによりも、〈後期近代〉の気まぐれで根無し草、新しいもの好きのわれら大衆と異なり、「歴史」を重圧と感じる風土があった。[五九]

後期近代人は誰もが根無し草ではあるけれども、日本語の崩壊が象徴であるように、明治のクーデタと敗戦の後、代々の〈文化〉も根腐れさせてしまったわたしたち日本人は、花粉だけを撒く杉の木のようなものである。

一一．よき趣味と評論家——骨董品のために

ベンヤミンが看破していたように、〈後期近代〉の批評家とモードは並走する。「キャッチコピー」で、太鼓判と烙印をどんどん押す、それが「批評家の技術」。的外れな批評であっても。「モードについて思惟」した結果や、思惟の内容は、ことばよりさらに後回しとなる［*op.cit.*, 35］。

批評は普遍的な趣味を表現したいと願うが、「趣味」は基礎的な共有される好悪や美醜を除いては主観的なものでしかない。「優秀」、「傑作」、「名作」、どれも客観的には根拠づけられない。たとえば、わたしはデ・シーカ『ひまわり』（一九七〇、伊）を素晴らしいと思う。戦争は、前線も銃後も悲惨だと、戦争を知らない世代に「理屈」でも「写実」でもなくて「情動」から理解させてくれる。でも正直、そんなことはどうでもよい。とにかく好きで、素晴らしい。よい年をして、何度も観ては涙してしまう。そして、映画研究仲間に語れば、「古いよ」と笑われてしまう。作品の、わたしにとっての素晴らしさを説明することの困難さ、不可能性がここ

に顔を出す。美は、主観的なもの、説明することは無理。これこれの作品の美しさを説明することはできるけれども、結局それは「なぜわたしはこの作品を美しいと思うか」の理由の説明でしかなく、その作品が美しいことの証明や論拠、理屈にならない。およそ「評論」と名のつくものは、主観的な好き嫌いや美醜を語ることにほかならない。

美術や音楽、文学、映画、なにを対象にするにしても評論とは、いつでも「なぜわたしは、この作品を……と考えるのか、感じるのか、判断するのか」を説いてきた。消費者がある商品に群がるのと同じで、評論は日々の人気投票の場。マーケティングと無垢な関係でもない。

もともと評論は、芸術作品に対して行われるものだった。映画『ひまわり』の話に戻れば、プロット、エピソード、音楽、俳優、演技、キャメラワーク、編集、など各要素に分解して、それぞれを科学的に数値化し、この点数で、総合的に優れていると言うことはできる。でもそれは、結局は、なぜわたしは素晴らしいと思うのかの補足説明にしかならない。

そもそも、各要素を点数づけるアルゴリズム、パターン認識、プログラムもまた、それらを造った者の感性が原型だから、どこにも客観性はない。人工知能の分野でまた話題となっているディープ・ラーニングもそう。「パターン認識」は、ほぼ機械的に精度を高めることができる。しかしながら、「カテゴライズ」するのは、プログラマー、あるいは研究班である。主観性から逃げることはできない。学習方法のアルゴリズムにしても、絶対的客観性はない。そもそも「知性」とはなにか、「知能」、「知恵」とはなにかを〈定義〉することからしか、始められないはずである。

これと同じで、「美」をなぜ？ と客観合理的に説明したつもりでも、結局は「なぜ自分はそれを素晴らしいと思うのか」の理由づけだけになってしまう。

文化の美は自然の美を模倣する。そして自然は「ゆらぎ」のかたまりであると知る。対するコンピュータにとっては、〇は〇、一は一、抑揚も筆や紙の違いも、偶然も、心も、時々も、一毛、微塵の乱れもない。愛想もなく個性もない。

一二．極楽鳥とホモ・ファベール

服飾ももともとは「文化」、つまり土地と切り離せない集団アイデンティティの一部であった。ファッションが産業化して、既製ドレスから手造り風のブレスレットやアンクレットまでが規格大量生産され、店に並べられ、ただそれらを購入して身につけるだけでは、「おしゃれする〈工夫〉」の余地はなくなる。極楽鳥のようにはなれない。

ホモ・ファベール、工作するヒトが、人類学に採り入れられてから、歴史学者ホイジンガによるホモ・ルーデンス、遊戯するヒトと対立する概念という俗説があるが、そんなことはない。どちらもホモ・サピエンス、知恵のヒトという規定では足りないと、手脚を強調する。わたしたち人間は理性ある動物であるだけではない。理性により定言命法や政治だけで、またそのためだけに生きているのではない。まずもって動物なのだ。「創造的工作」と「遊戯」は、二足歩行のヒトならではのものだ。前足、つまり手の自由と、その手先、また手や腕が解放された結果として発達した脳の処理。この双方の連動が文化、創造、遊戯の均衡を支える。道具を使うこと、手と脳の連動により総合された感性、生存に絶対必要ではない脳と身体の運動を行うこと、それがホモ・ファベールであり、ホモ・ルーデンスなのである。[六〇]

一九八四年、ようやく日本の庶民も、余暇も趣味もなくモーレツに働いたおかげで、がまんせずにショッピングできる時代が来た、そんな雰囲気の時代。消費すること、他人、あるいは他人が操作する機械が製作したものを購入することが、創造的な豊かさとされ、表現の一環とされ、さらに「ホモ・クレアンス」、創作するヒトと名づけられたこともあった。[六一]大衆であることを止め、これからは働きバチではなくて創造者だというのだが、消費ほど受け身な大衆的行為があるだろうか。それが、成熟した「美しい日本と私」とされた時代だった。

二十代を中心に若者たちはそんな先行世代のまやかしに気づき始めている。疾風迅雷でマーケティング蟻地獄に呑み込まれ、「片づけ上手」や「断捨離」と同じと誤解されたまま報道されている生活「ミニマリスト」。彼ら彼女らは、多くを所有しないことで環境を調整し、自律神経ほか身心を健康に保つ。〈後期近代〉末期の「ノマド」である。〈消費社会・市場経済〉の極北、コンビニ消費社会、市場経済を遊牧する民。コンビニで、ネット通販で必要なときに必要なものをいつでもどこでも即座に購入できる時代ならではのライフスタイル。環境の変化のなか自らの進化を〈選択〉し、適応しながら生きている。

一三 ベンヤミンの場合——《これがあった》とエフェメラ、手仕事

ヴァルター・ベンヤミンは、モデルネのめくるめく新しいモノが登場し、都市が目まぐるしく変わり、パノラマから写真、映画と目を楽しませる生活に惹きつけられながら、同時に、クラカウアーと同じように世紀転換点のジンメルに始まる大都市のモデルネ下での人間精神や肉

体への弊害、注意散漫、脳の麻痺、疲労、移り気などに警鐘を鳴らす、アンビヴァレントな感情を抱いていた。

なかでも「手仕事（das Handwerk）」に、クラフトに喜びを感じていた。「一方通行街道」は、ほとんど「手仕事」と、手仕事時代の「道具」への偏愛の書ともいえるほどだ。「手仕事の道具はなんでもよいではいけない。たしかな文具、紙葉や筆、インクへの蘊蓄《うんちく》までのこだわりは、大いに役に立つ」(*ibid*, S. 32)。ほかにも、タイプライターが書く者の手やペン軸を不用にすることの影響。内面の耳を研ぎ澄ませて、静寂の声を聴くこと。手仕事をするときには生活雑事を頭から追い出して、専心することなどなど。ベンヤミンが見つめていた七十年後、つまり「現在」は、〈後期近代〉が結局のところ、分業化、機械化、労働者から消費者への変貌などにとどまらず、つぎのような不自然な帰結を生むということだ。「この頃では、誰も自分がやれることに凝ることもできない。威力は即興の側にある。ノックアウト・パンチは、左手でなされることになるだろう」(*ibid*, S. 12)。

少数派だったのにと嘆いてみても、《流行》=即《マジョリティ》となるパラドクスからは逃れられない。〈自分（の構想力）でデザインやアレンジしたものを自分の手先を使って創る〉ことでしか、窮極的には流行のジレンマからは逃れられない。極楽鳥のように工夫し、嘴ならぬより柔軟で精密な機能をもった手先で飾る。

わたしたちは二足歩行で歩くこと、立つことの方を忘却してしまっている。上虚下実は、笑顔の種。日本人は、江戸末期に突然到来した椅子というものに五分も座っていられなかったというが、いまでは反対に五分も畳上に正座していられないだろう。あぐらさえもがあやしい。床、よければ畳で寝起き、座して、どっこいしょと立ち上がる、そうして足腰の筋肉が太ももの内側から鍛えられる。土地に染みついた「文化」そのもののみならず、すっかり先祖代々の身体まで喪ってしまった。ふらふらと街を歩いている。土踏まずもない。

でもこれからでも遅くはない。覚悟と決断さえあれば。

一四. それでも未来のために

「ファッション」、「モード」自体が、数十年の「流行」でしかなかったのだ。庶民・大衆も着飾るという意味でも、せいぜい二百年弱の。後期近代に疲れたいまは、生活「ミニマリスト」までいかなくとも、多くの者の気分はＭＵＪＩやＵＮＩＱＬＯへと流れている。外観、着飾り、衒示、見せることよりも、快適さ、comfortable を！と。

『ひまわり』のジョヴァンナは、新婚からひと月も経たずにロシア戦線に徴兵された夫の帰還を待って、二十年以上の人生を過ごす。人生そのものを待つことで過ごす。

ジョヴァンナは、お針子からちょっとしたアトリエ風の、注文衣服屋となる。だが、記憶喪失となった夫がロシアで所帯をもっていることを旅の果てに突き止める頃には、工場生産の時代。彼女は工員となっている。しかも大量生産規格服の象徴〈マネキン〉、あの歩かない方のマネキンの製造・管理担当なのだ！

オート・クチュールもまた、美術品のように骨董品となるのが自然なのかもしれない。その骨董品をわたしはぜひ目にしたい。ああ、美しい、袖を通してみたいと憧れながら。

第五章　後期近代と大衆の反逆

一．世界を呑み込む後期近代

本書は〈後期近代〉の概念を背景としている。〈後期近代〉とは、一八三〇（文政十三・天保元）年のパリに始まり世界各地の交換様式や生活様式を呑み込みながら現在までつづく歴史的段階のことである。世界地図上に余白を残すことなく、自らの色で染めてきたこの運動の本質は〈経済〉であり、近代資本主義という新たな経済様式〔財の交換様式[六二]〕である。

資本主義の起源は、やっかいな問題である。なによりも、歴史学者と経済学者、またその間にある哲学者、経済思想史家、政治学者や社会学者と、それぞれなにを資本主義とするのかというそもそもの前提で大きく見解がかけ離れている。歴史に視点をおけば、中世地中海の交易圏に発生した経済〔富、ひと、ものの移動と交換〕の成長も、一七世紀のネーデルランドでの一族代々の蓄積された財産を商業に投じるという次なる発展段階も、すべて現在の資本主義に似ている。ヴェネチアもそうである。似ていると、万事が一貫しているように見えてしまう。F・ブローデルの弟子たちやI・ウォーラーステインが主張する「資本主義世界」や「史的資本主義」(世界システム)の歴史的必然のなかにわたしたち現代人も生きているように感じてしまう。しかしながら、少なくともここでいう〈資本主義〉はそうしたものではない。特定の時代に社会の選択により成立したものである。それは一八三〇年代のパリに開花する。このことを強調するために資本主義に替えて「後期近代」の語を使用している。

一五世紀以降の西欧列強は、新大陸発見、本格的な開発〔土地と資源の略奪〕と移住、そして植民地化といった、植民地・帝国主義の時期を生きた。それは中世とは別の段階に世界〔ヨーロッパ〕が入ったことを意味する。ヨーロッパと小アジア〔中東〕、北アフリカなどのその周辺より遠い〈外部〉は、どこかにあり、暮らしているひとびとがいて、漂流から帰還した者などにより陶磁器がもち帰られるといった潜在的なものではなくなり、リアルな〈外部〉として、本国と周辺諸国で形成される〈内部〉の世界と表裏一体のもの、商品やひと、ものを送り込んだり、資源を商品とすべく送らせたりと能動的に介入することもできる日常的な「対象《オブジェクト》」になる。植民地主義は、帝国の発想により、各国の利益確定競争のなか、軍事力と不可分の進展を遂げる。

ここで述べる資本主義が、結果として軍事力により経済圏を保護したり、新たな市場を強引に切り拓いたりしても、また経済力そのものが軍事力よりも生存にとって脅威となる二〇世紀末の世界地図が地球儀となるグローバルの時代となったとしても、資本主義そのものの根本はいかに安く買って高く売るか、いかにして儲けるかという純粋に経済の仕組みの創案でなければならない。
その仕組みの一端を、第四章では商品の展示やイラスト新聞、写真、流行という現象など、見ることにより欲しくなるマーケティング社会と、革命により貴族がいなくなり〈誰もが横並びの大衆（商人にして消費者）、俺もわたしも買える〉と夢がつづいたトリクル・ダウンの欺瞞と、富の多寡と装飾の豪奢だけが身分の基準となる幻想といったなかから考えた。

一八三〇（文政十三・天保元）年は、世界市場原理の経済体制とその構成体とが誕生した年である。さすがに一八三〇年を世界資本主義の誕生とは言わない。反主流の経済学（歴史学）、I・ウォーラーステイン流の世界システム論やF・ブローデル流のアナール派の原理による資本主義の世界史的分析でも、またマルクス主義の歴史学や経済学、地理学などによっても、遅くとも一七世紀のオランダ経済などを視野に入れないことはない。ただし、筆者が言うのは世界資本主義ではなくて世界市場原理である。

一八三〇年に世界資本主義（あるいは「世界市場・経済」）を描くことの理由は、徐々にもう少し詳らかにするつもりである。ひとまずは、つぎのことを呈示するにとどめたい。

同年パリで、一八二九年憲章により、欽定の立憲デモクラシーという奇妙な、「七月王政」が開始される。ここに見られる、市場経済－デモクラシー－世界標準生活様式の三位一体こそが、筆者の主張する〈後期近代〉であり、「後期資本主義」すなわち「世界市場・経済」である。〈後期近代〉は、世界で唯一の市場そのものを、ヨーロッパ（アダム・スミスの「諸国民」）の外部へと世界に遍く「輸出」し、市場を拡大し、世界の各市場を単一の市場に統一する意思であり運動である。

「世界・市場原理主義」は、地球上の世界各国が政治から、文化、生活まで他の領域をおきざりに、市場原理を最優先とすることが至上命題である。もっとも、一八三〇年のフランスも、また英国も、また〈後期近代〉がアメリカナイズされ決定的に変貌する二〇世紀両大戦期、大戦後の米国の繁栄も、そもそもは意図されざることだった。資本の交通速度が速まり、交通量が増え、余白からの利益（マージン）を追求しながら、市場を拡大し、外部を消去してゆくなかで、結果として資本・交換・市場拡大の運動が、原理としてそこに行き着くように定められていたということである。

あるいは「世界市場・原理主義」は、一八三〇年来いつでも無意識のうちに、あるいは意識の欠落や不注意により、単一の世界市場を拡大しつつ、外部、余白、利鞘を消尽してしまったとも言える（「世界市場」を信奉する原理主義）。

こうして〈後期近代〉は、地球を単一の市場で覆い尽くしながら、世界の各社会と個々人の生全般とを、世界標準の様式で包み込んでしまった。

この〈後期近代〉の誕生の場をもう少し詳しく見ることにしよう。それが地球と個々人とを同一性の原理に従わせる運動であるならば、現在わたしたちが生きる個々の国は、同一の経済や政治、文化、また生活の様式をもっているはずであり、日本もまた例外でないということになる。

七月王政ルイ＝フィリップ王（オルレアン公、元ジャコバン・クラブ会員）は、市場経済を本格的に自己の政策に取り入れた。同時に、フランス革命で民衆が獲得したものの、現実化が遅延され潜在的なものにとどまっていた人権等諸権利を、ついに実現させた。

ルイ＝フィリップが、象徴君主とでも言うべき王だから、逆説的にも君主政のさなかに市場経済とデモクラシーとが生まれた。権力基盤が脆弱なため、大衆世論に訴える必要があり、納税額の引き下げなど、一連のポピュリズム政策を打ち出した。〈後期近代〉の視座から見ると、近代デモクラシーは、事の発端からポピュリズムなのであり、ポピュリズムであったから支持基盤であった新興大ブルジョワに都合のよい市場原理が導入されたのである。

やがて、七月革命から七月王政黎明期に権力を握っていた旧貴族、大ブルジョワが失権、はからずも万人が平等、これからは全員が商業市民としてゼロ地点からスタートせよ、身分も資産・所得の格差もほぼない状態、稼いだものが富裕になり、貧富の差こそが新たな階級制度だと、真に市場経済とデモクラシーが一体となった社会が始まる。

ここに、二〇一六（平成二十八）年現在、世界各地にほぼ行き渡り、行き渡りつつ、また二百年近くの時を経て金融資産も文化資産も再生産と遺産相続で累積されて流動性を失い、経済は行き詰まりを見せ、貧富の差が心的エネルギーを涸渇させようとする「格差社会」の萌芽が見られる。この間に文化多様性は、回復不可能なまでに消去された。絶滅したものには、生物種だけではなく、数千の言語も含まれる。民族ごとの習俗は、均質化されてきた。

〈後期近代〉は全地球を強力な駆動力で急速に呑み込んでしまった。

〈後期近代〉(the late modernity, la modernité tardive)は、〈後期資本主義〉と〈世界市場・原理主義〉という他を圧倒する経済構成が、〈後期近代デモクラシー〉という政体と結びついたことで本領を発揮する。〈後期資本主義〉は、産業資本主義の工業的段階からサービス産業、情報産業へと姿を変えながら、金融資本主義へと至った。各段階の発明は、その時々の時点で用いることのできる科学の産業的応用に支えられてきた。金融資本主義の成立には、インターネットと、インターネット上で結ばれる各デバイスの市場投入と普及といったテクノロジーの進展と、またそのテクノロジーを市場社会に組み入れることを認める法制度の改定、さらに民衆の合意が不可欠であった。

また各産業・市場段階の移行は、既存の市場が飽和に行き着くなか、新たな市場を求めることが必然とされる後期資本主義の宿命であった。

経済により政治が導かれ、世界市場資本主義と近代デモクラシーとの構成の上に、文化と生活様式が築かれる。時系列に沿ってますます加速する〈後期近代〉は、急速に世界に拡大した。〈後期近代〉を支える〈後期資本主義〉や〈世界市場〉、また〈近代デモクラシー〉も、特定の経済体制であり政体である。しかしながら、〈後期近代〉は普遍的なモデルとされることで力をもつ。そして、パリからニューヨークへと世界経済の中心が移り、また二〇世紀末から今世紀初頭にかけて、世界各地のほぼ各点へとこのモデルが普及してきた。科学的探究心と大衆的好奇心とは、産業的開発力に支えられて、後期近代わずか百九十年／四十六億年（地球年齢）ほどの間に、地球の表面上と大気圏内外をほぼ踏査、曝露し尽くした。発見されれば、〈世界市場〉に巻き込まれるほかない。軍事力（武力）と経済支配力に敵うものはない。一八四七年に人類に発見されてしまったゴリラは、たちまち絶滅危惧種となり、動物園の檻の中で見世物となりストレスを溜めている。絶滅危惧種の生物はもはや数え切れない。しかも経済及びテクノロジーの「成長」とともに、絶滅の増加速度が増している。未踏の地はほぼない。絶滅危惧種を抱える生物多様性の島嶼等孤立した地域は、「世界遺産」に登録されようと各地で懸命の先行投資と運動をしている。観光客が押し寄せ、多様性は失われてどこにでもあるリゾートへと短期のうちはなり、やがて廃墟のようになるだろう。しかしながら、〈世界市場経済〉が生き生きと力を発揮している限り、「世界遺産」に登録されなければ、その地域の経済は、「障壁」もなく無防備で、

「新規参入」に対する規制の撤廃と構造改革のなか、やはり絶滅するだろう。一定数以上の人口を抱えていれば、こうして「世界遺産」となり観光収入を得なければ、地域の住民も生き延びることができない。

二一世紀に入ってからの二十年に満たない期間の、南太平洋やアフリカ中南部の〈世界市場・経済・軍事〉同盟への巻き込みの勢いを想えば、世界市場から孤立して生きる集団は、南米大陸へのスペイン・教会の植民地侵略のなかアマゾン川上流に逃げ延びて、ひとつから数個の集団生活族となって孤絶するその名も「イゾラード」ほどしかいないのかもしれないと思っていたのも束の間のこと、イゾラードはメディアに曝露され、その後に森林利権のマフィアや政治家たちに追われ、その名にふさわしくなくCOVID-19に感染して酋長を失ったもののもある。無文字社会では、集族の由来を語る語り部が「歴史」そのものである（川田順造『無文字社会の歴史』岩波書店、一九七六）。この集族は歴史を失い、自分たちの来歴も永遠に無明の闇となった。

本書が描くのは、〈後期近代〉が極限にまで波及した極致であり、それゆえに各文化が消滅し、世界が単一の文化や生活様式と成り果てようとしているさなかの現在の状況である。

一六世紀に西欧・北欧で始まったとされる近代資本主義は、前世紀末の英国における本格的な産業革命を経て、一八三〇年代（文政十三・天保元―天保十年）のパリで新たな段階を迎える。ここで産業革命と呼ぶものは、物理学と数学の進展により、科学と技術とが産業の領域に応用され、それまでの純然たる学問や、職人・職業組合のなかで培われてきた身体による技術が、経済—産業との関係のなかで方向を定められたり、経済—産業による目的論の支配下に置かれたりする事態のことである。こうして、技術は〈テクノロジー〉となり、ものの大規模な量の生産が可能となり、生産される商品はパターン化される。パンチカードを利用したジャカード織に代表される。このパターン化の流れから、今日も商品プロダクトで最重要となる〈デザイン〉という概念が生まれる。従来の手仕事の時代の意匠や装飾とは異なる、産業的に大量生産できるパターンによるデザインである。工匠は個性により多様性を生み出し、デザインは画一化をもたらす。

一八三〇年代のパリでは、これに加えて各種形態の会社組織に対する銀行からの〈信用貸し〉が制度として確立される。こうして大規模生産のための資金も調達される。大規模に生産されたものは、売却されて利益となる前から、シャップ式腕木信号機〔電信の前身〕や外信を扱う通信社〔伝書鳩を使ったアヴァス社〕、幹線道路の整備や鉄道の誕生といった国土のネットワーク化のなか社会時間が未来先取り型〔リスク予防型〕に加速することにより、投機の対象となる。こうして、社会における総資本は雪だるま式に膨れあがる。もはや一八世紀の道徳哲学者アダム・スミスが想定していたヨーロッパのなかの諸国の経済発展では収まらなくなり、二〇世紀末に現実のものとなる〈世界市場〉経済となる。「グローバライゼーション」と二一世紀幕開けの時期に呼ばれ、物議を醸した事態のことである。

ここで和暦を併記したのは、紀元節を重んじるからではもちろんない。現在の世界全体の民衆あるいは隈なく国家を包摂する〈後期近代・世界市場〉の社会及び生活の様式が始まった時期に、「鎖国」つまり世界市場からもグローバル世界からも免れる状態から「開国」へと紆余曲折のなかにあった日本ではどのように事態が進展していたかを確かめるためである。

「紀元節」(明治五(一八七二)年制定。「皇紀」、「神武暦」)は、太平洋戦争(第二次世界大戦)の敗北から間もない占領下ですでに復活の運動が始まり、つづく独立(主権回復)からすぐの一九五七(昭和三十二)年に議員立法により復活、ところが「ああ、建国記念日とは、紀元節だったのか。まさか紀元節が復活していたとは」と国民の大部分が気づくのは、ようやく一九八五年に中曽根総理が「建国記念の日」式典に出席した折であったことだろう。日本の主権者たちは、このように長閑で呑気なものであるし、マスメディアがそこに拍車をかけている。学校では、明治時代と昭和・平成とでは、政体も天皇のあり方もまったく違いますと教育しつづけてきた。外観は異なっても、骨格と中身はなんら変わっていないことにここ四、五年で気づいたひとがあっても不思議でない。肝心の情報と知識を伝え、「知る権利」を保障したり、投票行動の判断材料を提供したりするはずの〈ジャーナリズム〉がこの国には不在なのである。むしろ、ようやく気づいたというひとは、十分にリテラシーがあると言うべきだろう。

二、大衆の反逆

〈後期近代〉、それは万人が公教育と啓蒙により教養ある人間となり、万人がより富裕になるはずのデモクラシーのプロジェクトの夢の道筋でもあった。この企図が進展していないことは、二〇一〇年代の世界（先進諸国）同時不況の悪化により一気に明白となる。まやかしが崩れ始める。今度の世界不況はこれまでのものとは異なり、出口なしの〈後期近代〉の断末魔であることを民衆の直感が見抜き始める。そして「ネット」経由で不満が拡散され爆発しそうになる。全体主義やファシズム願望の大きな波が寄せるなど、これまでは考えられなかった事態が生じる。二〇一七年一月に、世界を支配する大国アメリカ合衆国の第四十五代大統領に、興業と不動産ほかの投資で巨額の富を築いたドナルド・トランプが就任した。潤沢な資金とナショナリズム政策の結合によりトランプは大統領選を勝ち抜いた。

後期近代では貴族制度はなくなっても、政治、行政、経済、メディアも、各界を社会的エリートが牛耳ってきた。もうお前らには任せておけない、信用ならないと、社会的エリートよりも遥かに大多数の低・中所得層の中間層が叛旗を翻し、大衆が反撃に出た。いわゆるトランプ旋風である。ところが『ガーディアン』紙を別にすれば、他のクオリティ紙も含めて新聞もエリート向けテレビ番組も、メディアはまったく本質を理解しなかった。自分たちが退場宣告されたのに、大衆を導くのはまだ自分たちだとトランプ批判を展開した。批判すれば部数と視聴率をとれるだけではなく、大衆たちが眼を醒まし自分たちの側に戻ってくると信じていた。実際には、これら大メディア、評論家たち、社会的エリートが、お払い箱だ！と宣告されたのである。

日本の地上波民放局の大衆向け番組はなおひどい。米国の憲法や法律、デモクラシー一般の理解もない芸人やアイドルが、トランプ大統領を大衆の声を代弁すると擁護したり、反対にまるで犯罪者でもあるかのように批判したりと、真の問題の所在をひとつも話題にしないでいた。トランプ周辺に憲法・法律違反の疑いが拡がるようになると冷静な報道がつづくようになったものの、日本人の熱烈なトランプ支持者という奇妙な副産物を残した。

社会的エリートとは、たいてい名門大学や有名大学の出身者である。

後期近代の百九十年は、貨幣ほかの通貨で代表させられる経済的富の相続による富裕者の拡大再生産だけではなく、文化資本（P・ブルデュー）の相続と再生産も雪だるま式につづけられてきた。

ピアノを弾ける、美術作品を理解できる、高級レストランやホテルに幼い頃から行き慣れてふるまいが身についているので抵抗がないといったエートスを遺伝させる文化資本も含めて、富、蓄財、金は遺産相続により、後期近代の始まりから百九十年後のいまでは強力な格差を生み、新たな身分社会を形成している。名門国立大学に進学できる子女の多数は、入学までの勉強で優位な条件を与えることもできる親の年収・貯蓄といった金銭的な意味で富裕な家庭の出である。予備校に通うことができる受験生とその余裕がない家庭の受験生とでは、前者の方が有利なのは当然である。しかし大学進学率が馬鹿げたほど増加したのは、なにも大学で学問に触れたいという人間が増えたからではなくて、かつてホワイトカラーと呼ばれた職種の企業で生涯就労したい、させたいという者、家庭が増えるなか、企業が入社選別の柱に出身大学を置き、賃金体系や職種の上で大学卒業者とそうでない者との間に制度的区別を設けてきたからにほかならない。

大学入学までの数々の試験が企業の採用試験に活用される。このような半ば公然の選抜方法、いわゆる「学歴社会」が成り立つのは、社会の全成員が〈偏差値〉に従って人生の選択をしているとの幻想があるからである。誰もができれば東大や京大に行きたい、一つでも偏差値で上に区分される私立大学に進学したいとの信念に従って、入学年齢までを過ごし、大学を選択していると仮定しなければ、この選抜方法は有効とならない。模擬試験の偏差値が七五である受験生が偏差値五八の大学を選択して入学することは前提としていない。そのような事態はないに均しいと前提した統計学的思考でなければ、この幻想は成り立たない。特定のことを特定の大学教員の下で学びたい、その学問分野ならどこどこの大学だ、その大学の在学生や卒業生たちの社会活動や生活スタイルに憧れる、伝統が自分と合うなど、趣味や好みから〈特色〉で自分が学ぶ大学を決めたりといった、偏差値とは別の事情から大学を選択する者は実際にはごく少数派ながら存在していても、学歴社会の幻想ではいないことになっている。そうでなければ、就職選抜制度も学歴制度も成り立たなくなってしまう。

数が圧倒するいわゆる学閥というものが、民間セクターを中心に長らくありつづけている。有名大学のうち、司法試験に強い、公認会計士試験に強いといった専門学校型は特殊に優れていたものの、国会議員になりやすい、実業界に強いといった人脈（コネ）となると、数が圧倒することになる。国立大学と私立大学とでは、学生定員数に大きな違いがあり、私立大学は平均的な国立大学の十倍の学生数というのもふつうのことなので、企業等で働くには私立大学が有利である。しかし、学問を学ぶには国立大学が適正な学生数／教員数となる。国立大学のゼミは、十名にも満たない学生数で行われるが、私立大学のなかには演習科目なのに四十名超ということろも珍しくない。国立大学は受験科目数や実質難易度の面で、合格して入学するには、ただ私立大学と同じ偏差値では較べられない苦労があるので、その分恵まれた環境で学べる。それが卒業生数となるとべらぼうに差がつき、「学歴社会」ではある種の業界の職を摑むには国立大学は不利という理不尽な状況がつづいている。

大学進学率がまだ三〇％以下だった時代、一九八〇年代半ば過ぎまでのことであるが、当然のことながら学生より年上の両親世代や祖父母世代は、大学受験を経ていない者が多かった。なんとか君、なんとかちゃん、なになに大学合格したんだってね、すごいねと言われるような有名大学であっても、私立大学の文系難関学部の入試から数学がなくなり三教科となってからは、誰もが高校二、三年から真剣に受験勉強をすれば合格できることはご存じの通りである。なにかの不運で不合格になってしまっても、一年間浪人して受験勉強に専念すればまず入れる。全員がというわけではなくとも、大学に進学する意味がある者ならば合格しないことはない。

私立大学の〈偏差値〉順リストと、〈親の経済力〉順リストは、ほぼ比例する状況となった。また、卒業後の進路の一項目にある「就職実績」と難易度も、ここ十年で顕著に関連するようになっている。受験勉強に専念できる環境であるかどうか、生まれ育てられた環境でつけられる「地力」の学力が顕著な差となって現れてきている。有名大学の親の子は有名大学、名門大学の親の子は名門大学と、再生産による子の世代の固定化が進んでいるのである。

マスメディアは、長年人気就職先のトップクラスにあり、現在でもそれは変わらない。かつては華やかな現場への夢、いまでは都市銀行をも抜く高給のためである。マスメディア、とりわけテレビ局を経営する企業に入社できたとしても、自分の意見や感想、つまり〈声〉を届けることはほとんどできない。アナウンサーならそれが当たり前で与えられた原稿を読むだけであり、読むことと発声に長けた職人がアナウンサーである。運よく制作に関わる部署に配属されて、チーフ・プロデューサー級に昇進するまでがまんすれば、作りたい届けたい番組をそれなりに実現させられる機会が訪れる。しかしそうした番組で〈声〉の役割をするのは、かつてなら評論家や学者、専門家、現在ならお笑い芸能人やアイドルに語らせる。〈声〉の主の姿がとても見えにくくなっている。

テレビや新聞で働き、記事を書いたり編集をしたりする者、依頼されて評論や見解を書いたり述べたりする者、こうした大手メディアで働く者やいわゆる知識人は、「有名大学（名門学部）」出身のアウトローが他を圧倒して占めてきた（有名大学と名門大学は別のもので大衆が憧れるものが有名大学、実質的に優れた研究教育力をもつのが名門大学である）。政治家や高級官僚、銀行やシンクタンクで働く総合職、こうした政治や経済に直接あるいは間近に接する者にならなかった者たちである。一億総会社員社会のなかでは、学者もある意味でアウトローである。作家は、アウトローの極みであろう。ただしアウトローと言っても、それらメディアで〈声〉を提供する者たちは、政治や経済を仕切ったりする人間とはまた別の、それなりの育ち方をしたのであろうとの身についた語り口やふるまい、服装や髪型のスタイルがあった。エートスである。

一九九〇年代後半、「平成」が本格化する時代となると、社会に流動性がなくなり、未だかつてなかった長い不景気（景気後退・行き止まり）も重なる。階級は固定され、金銭の多寡一本、貴族や上流階級のエートスやマナー、教養が一切関せぬあり方で階級がますます区別されるようになった。夢がなくなり、平成世代の若者に、ニヒリズムとルサンチマンが綯《な》い交ぜとなった「シニカリズム」が蔓延する。ここで言うシニカリズムはキュニコス派の哲学とは関係なく、斜に構えた冷笑家のことであり、これが増加した。

大学の世界で就職実績が重視されるようになった約十年前と時を同じくして、髪の毛が金髪だったり、テレビ映りがあまりよくなかったり、これまでとは異なる評論家やコメンテーターがテレビに多く出演するようになった。活字媒体でも、これまでのもの書きの文章とは異なる書き手が多数登場した（筆者は最初、一段落を何度も読み直さなければ文意を摑めなかった）。このような新たな現象は、既存媒体がインターネットにシェアを奪われるのではとの恐怖感から生まれた。また、大不況による就職難のなか、企業への就職に不利な大学の学部出身者が、救いであるかのようにインターネットでのフリーランスの活動に走ったことが、マスメディア側の要望と拍子を合わせるかのようで、新たな人材発掘にとり好都合であった。それまでは、評論家やコメンテーター、作家のルートに乗っていない人生を歩んできた者は、表現の世界と縁もゆかりもなく人生を送るよりほかなかった。しかしながら、インターネットにより、文章や映像で、誰もが低コストで容易に表現と発信をできるようになると、かつてならチャンスがないと諦めていた者にも好機が訪れる。就職できなかった者たちが、現在メディアの〈声〉となっている。

Ｙａｈｏｏ！知恵袋やＹａｈｏｏ！ニュースのコメント欄を眺めればすぐ気づくことだが、誰もが「批評家」に成りきっている。まるで日頃から批評的視線で万事を見つめながら生活しているかのようだ。現在テレビやラジオで活躍している〈声〉も、元々は同じような存在であった。修業、訓練をしたわけではないし、小田実や沢木耕太郎のような海外放浪の特別な体験があるわけでもなく、訓練をしたわけではないので、取材のノウハウを知らず、取材をせずに、インターネットを駆使して「ジャーナリスト」を騙る者も多い。

インターネットの出現は、これまで発言の機会と力をもたなかった有象無象の多数のひとびとに広く響く〈声〉を与えた。もちろん、学者や評論家、作家などのプロのライターほどの高質な声ではない。それでも、声なき者が声を得たことは画期的であった。少なくともブログの時代までは、匿名で行っていてもドメインやブログの名称は持続されるので、それが一種の筆名でありり顔でありとなり、書く方は無責任なことを書いて評判を下げることはできないので一定のクォリティが保たれていた。初期の購読者の多いブロガーが、現在、新聞、テレビ、ラジオで活躍する主流の「評論家」となっている。

その後、ＳＮＳやニュースサイトのコメント欄（ＢＢＳ）など、日本では欧米と較べて匿名率がかなり高いネット上のメディアの時代となり、いよいよ誰もがなんでも発言するようになる。これらは無責任な発言、「思い込み」や、瞬間に現れ歴史や地理のより広い側面を無視することによるものがほとんどで、「フェイク・ニュース」だけが取り沙汰されるものの、信憑性が低かったり単純に誤謬であったりする情報が氾濫するきっかけとなった。たとえばプロが新聞に意見を投稿する際には、担当編集記者や校正係など少なくとも自分以外の校閲を受けたものが記事となる。そもそも大部数の新聞に誤った記事を公開したくないので、分からないことは書かないし、入念に調べた上でのことや自分の専門知識のことしか書かない。SNS、BBSは、ほぼ垂れ流しである。

本来は、新たなメディアにより多くの者が参加して討議するようになることは、議論による合意と利害調整により一般意思を生むことを第一の基盤とする民主政の観点から歓迎されるべきである。しかし、インターネット上の匿名のSNSやましてや「カスタマーレビュー」は、民主政の議論の場となる〈公共圏〉を、ヨーロッパや米国の場合なら拡大することにはならず、日本なら産み出すことにはならなかった。

実際の社会では、ますます議論の機会は少なくなり、討議は沈黙を深めたように思われる。学校や職場、街角やカフェで議論は増えただろうか。教室や会社等の会議で寡黙であるのに、インターネットでは声高に意見を叫んでいる者が多いと思うと、薄ら寒い。電車で乗り合わせた者も、教室で静かな者も、町内会で決して意見を言わない者も、実はインターネットでは盛んに「書き込み」をしているのでは？ と思い始めると、これほど不気味な社会もない。

インターネット上では匿名であるために無責任な状態が生じる。〈声〉を得たことでひとびとは評論家の目線や耳となり、考えたことや感じたことを深く考えたり調べたりして裏づけを取ることもなしに、場当たり的に発言をする。この評論家の目線や耳というものが、実に厄介である。〈声〉を得たことで、発言するための準備もコストも責任ももたずに、一家言あると多くがなにかを言いたくなる。「炎上」と呼ばれるSNS上での揚げ足取りやいざこざも、まず匿名であり、自分も〈声〉をもつ評論家だという思い込みから生じることが多い。

インターネットによりさまざまなところから〈声〉が出るようになったからといって、民衆の、少なくとも日本の国民のいわゆる民度が高まったわけではなく、むしろ思い込みに頼ることで教養の水準が落ちているのが実態である。〈声〉により投票率が高まったわけでもなく、政治的な議論はますます内輪でも避けられるようになっているのが現実である。現在のインターネットの議論の場に中心的にあるSNS、BBS、「カスタマーレビュー」のあり方そのものを見つめ直さなければなるまい。

後注

第一章　日本幻想

一　つづきも引用するが、ことごとく筆者は追認する以上に、日頃自分が思うことばかりだと呆れかえるだけである。「日本人のもう一つの強みは、良心の欠如である。彼らは『日本を発展させるものは何でも正しい』という道徳律に縛られている。国家と天皇は神聖であり、あらゆる善悪の基準を超越する。日本の行く手を阻むような国際協定なら破棄するだろう。しかし、日本人同士となると、付き合いは誠実なものだ。この国では家の玄関に鍵をかけずとも、泥棒が入ることはまれだ。だが、諸外国の権利など気にもとめない。私たちの最大の脅威は、こうした誤りに導かれた日本人の熱烈な忠誠心だ。日本人の狂信性や能力を過小評価したり、逆に過大評価したりすることには気を付けなければならない」。

二　本書の元となった原稿の執筆からすでに三年が経っており、もう東京五輪の開催も目の前というこの時期（令和元年九月十六日 月曜日 十八時三十九分に執筆中――令和元年十二月十日 火曜日 十三時十八分にリライト中、そして令和二年二月十九日 水曜日 十四時七分に最初の校正中、間をおいて令和三年一月十三日に最終稿執筆中）ではあるが、この話題も取り上げて読者にことの是非の再考を促すことで将来の教訓に役立てて頂ければと思う。

三　「開国」について、さらに補註を付けておく。ここではペリー来航（一八五三（嘉永六）年）及び日米和親条約（一八五四（安政元・嘉永七）年ではなく、西欧列強に限定されていたものの複数国への開国（英仏露蘭）となるいわゆる安政五カ国条約（一八五八（安政五）年）から明治天皇を皇帝（エンペラー）たる象徴として立てながら全面的な開国政策へと流れる、つまり「攘夷」はなされなかった明治新政府発足の年（一八六八（慶応四・明治元）年）にかけて、幕末から明治初年を、開国としている。安政条約の前年、一八五七（安政四）年は、資本主義の重商主義段階が一八世紀から一九世紀の世紀転換期を中心とした産業革命（経済の工業制工業・輸出化）を経て、世界市場を目指す「自由主義」（リベラリズム）のイデオロギーにより拡大と加速を始めるものの、初の世界恐慌（一八五七（安政四）年）が生じた翌年である。資本主義先進国は新たな市場を〈外部〉に必要としていた。こうした資本主義・世界市場の情勢のなか締結された安政条約は、「自由貿易協定」中心のもので――日本から見れば関税権すらない不自由な自発的隷属としての植民地化そのものであるものの――ただし当時の幕府は能う限りの保全をしたのでありそこが明治政府と異なる――、また近代法制度や立憲民主政、国際法に無知であった日本を支配するための政治的要素としては、領事裁判権（「治外法権」）が象徴的であった。

四　自己承認欲望を抱くほど成熟した「自己」をもたず、他者に欲望を求めるほどに〈自己〉も確立していないし、他者を他者（自己とは異なるもうひとりの自己たち）として尊重することを知らない未熟な国家と国民。ヘーゲル（『精神の現象学』）やフロイトとラカンの精神分析学を踏まえて著者なりに咀嚼すれば、そのような存在として世界社会のなかの他国（民）の目に映ることもあるのだろう。乳児は、泣けばママが来て母乳をくれることをわずかな経験的知識として知り、やがて幼児となり、父という壁が立ちはだかるなか盲目的に怖れる、そのなかから自己を確立してゆく存在である。つまり他者を「手段」ではなく「目的」として扱うことができない（カント）。「国際社会」や「国際化」の掛け声も日本語ではよく目や耳にするが、西欧や北米の基準では、〈インターナショナル〉を声高に叫ぶのは、国際公的機関でなければ、世界同時革命を夢見る「六八年」から離れられないごく少数の者くらいである。

第二章　けじめのない日本語

五　日本が海外のものを日本風にアレンジして吸収した例は、食品に限らず無数にある。ただし、咖喱と同様、戦後となるまでは外来語に漢字が多くあてられていた。

六　柄谷行人『帝国の構造』青土社、二〇一四、及び Karl August Wittfogel, *Oriental Despotism : A Comparative Study of Total Power*, Yale University Press, 1957 を参照。

七　アルファベット言語圏では、ことばとは〈音声〉、概念であることに注意されたい。

八　それというのも、「変態」など、漢字文化圏、日本人による悪戯としか思われない語のTシャツ柄やタトゥーが散見されるからである。

九　Mark Haw, *Middle World: The Restless Heart of Matter and Life*, Macmillan, 2007.

一〇　cf. Nicolas Bancel, *Zoos humains. Au temps des exhibitions humaines*, Découverte, 2004 ; Pascal Blanchard, Gilles Boetsch, Nanette Jacomijn Snoep, et Lilian Thuram, *Exhibitions. L'invention du sauvage*, Actes Sud, 2011; Georges Didi-Huberman, *Invention de l'hystérie. Charcot et l'iconographie photographique de la Salpêtrière*, Macula, 1982; 吉田城『プルーストと身体』（吉川一義編）、白水社、二〇〇八。

一一　現在、世界の〈和〉ブームのなか、化学的美食学、生理学、また産業が注目しているのは《umami》成分。《和食》そのものの美味の理由を知るために、研究が展開されている。うま味成分は、日本の文化の土壌に、西洋科学が接ぎ木されて成功したひとつの例だろう。〈創始のディスクール〉（エリゼオ・ヴェロン）となったのは、一九〇八（明治四十一）年、東京帝国大学教授だった池田菊苗が昆布のなかから、グルタミン酸ナトリウム（MSG）がうま味の成分であることを発見した報告だった。池田の死後も、うま味成分の研究は、かつお節及び煮干しからイノシシ酸（IMP）、干ししいたけからグアニル酸などと進む。

一二　Jonathan Soble, «Tokyo Governor, Yoichi Masuzoe, to Resign Over Spending Scandal.», *The New York Times*, 22 June 2016.

一三　東京オリンピック（一九六四（昭和三十九）年）開催後の東京の雰囲気について、ファッション・デザイナーの川久保玲が、「東京がすっかりすみにくくなった事」が思い出と語っている。住みにくくなった理由は、五輪開催にともなう大規模交通路・都市開発のため、またこれを転機とし、日本人が全体志向になったとも語っている（一九九四年のインタビュー、『SWITCH』vol. 33 - n°3、特集・COMME des GARÇON、スイッチ・パブリッシング、二〇一五年二月に再掲）。

一四　「盛り土未調査／都が陳謝――「築地」移転／再発防止へ検討委」、『しんぶん赤旗』（二〇一〇年九月八日刊）　※ www.jcp.or.jp/akahata/aik10/2010-09-08/2010090804_01_1.html　※ Accessed 30 September 2016、及び 豊洲新市場予定地における土壌汚染対策等に関する専門家会議「8月2日から、地下水・土壌・表層土壌ガス調査を、計２４３箇所で実施しました」（『第四回会議報告』二〇〇七年一〇月実施、n.d.）、http://www.shijou.metro.tokyo.jp/toyosu/pdf/pdf/senmonkakaigi/04/1006youyaku.pdf Accessed 30 September 2016。各物質の毒性の概要は、原田修一「毒物及び劇物取締法」（『日本農薬学会誌』Vol. 40, No. 1, 2015, pp. 90-96.）DOI: 10.1584/jpestics.W14-32、汚染帯水層については、桐山久・高畑陽・大石雅也・有山元茂・今村聡・佐藤健「ベンゼン汚染帯水層に対する揚水循環併用：バイオスパージング工法の適用と効果の検証」（『土木学会論文集』Vol. 66, No.4, 2010, pp. 612-622）DOI: 10.2208/jscejf.66.612 も併せて参照されたし。

一五　二度目のオイルショック直後、「先進諸国首脳」は、財政の基礎的財政収支を見棄てた、放棄したと考え得るデータもある。水野和夫『資本主義の終焉と歴史の危機』集英社新書、二〇一四、第一章の（国債等）長期利子率低下、公定歩合引き下げを示すグラフからも、そのような推測、問題措定へと導かれる。消費社会論が盛んだったフランスでは、七〇年代に、家庭の購買力低下や、中間階級が世代間格差を将来担うようになる政治プロセスを研究した成果も出ている。たとえば入手しやすい入門書に、Jean-François Sirinelli, *La Ve République*, PUF, 2008〔邦訳は、J‐F・シリネッリ『第五共和政』（川嶋周一訳）、白水社、二〇一四〕がある。ただし、同書は「第五共和政」という大統領と内閣首相を並立させるフランスの政治制度の成果を検証するものであり、ここで論じている事柄が書かれた第四章「機能不全段階」も、フランス型社会主義（ド・ゴール共和主義、独自外交との共存）を取り沙汰していることに留意願いたい。日本でも第一次オイルショックの翌年（一九七四（昭和四十九）年）末の悲惨は、まず従来の意味でのプロレタリアート、日雇い肉体労働者たちを見舞った。寄せ場寿町について、小川プロダクション作品のDVDコンテンツ化にともない『どっこい！人間節　寿・自由労働者の街』を観ることもできる（監督・湯本希生、製作・伏屋博雄、撮影・奥村祐治、編集・小川紳介、日本、小川プロ、一九七五　※DVD、発売元・ディメンション、二〇一六）。

一六　『日経WOMAN』（特集・知らないと損する！　お金の増やし方〇と×）、日経BP出版センター、二〇一六年七月号は、〈最新お金ルール〉特集のなかの記事「片づけルール」で、家具量販店大手のIKEAの商品を中心に、「ミニマリスト」をキーワードとしている。モデルとなるのは、

「ファイナンシャル・プランナー」の女性ふたりである（わたしが知っている銀行にいる同じ肩書のひととはずいぶんと違った雰囲気である。国家資格のなかにはあてにならないものもある）。リードの「モノを一定量にキープ」という言い回しは、「生活ミニマリスト」たることと自家撞着のことば使いである。モノをどんどん捨てる、キープしない、ストックしないのが、ミニマリストの心意気で、そこに効果が生まれる。

一七　Gabriel Tarde, *Les lois de l'imitation*, Editions Kimé, Paris, 1993 [2e éd., 1895]（邦訳は、ガブリエル・タルド『模倣の法則』（池田祥英・村澤真保呂訳）、河出書房新社、二〇〇七）。

第三章「世界で一番騙されやすい国民」―― 報道の健全性とメディア・リテラシー

一八　Reporteurs Sans Frontières pour la liberté de l'information, Classement mondiale de la liberté de la presse 2016, n.d. [En ligne]. https://rsf.org/fr/donnees-classement [consulté le 29 septembre 2016.

一九　さらに下位にブラック・ゾーンがあり絶望的な状態を意味する。中国、北朝鮮（朝鮮民主主義人民共和国）、スーダン、ソマリアほか。台湾は五〇位、日本より遥かにましなイエロー・ゾーン。

二〇　広告代理店に発注して「民族浄化（エスニック・クレンジング）」のコピーを受け取り、米国＝西欧 VS 旧ソ連の影響圏 VS イスラム教国家の構図が最初に明確となった、ユーゴスラビアを舞台とし同連邦国家が解体された侵略戦争。詳しくは、高木徹『ドキュメント 戦争広告代理店――情報操作とボスニア紛争』講談社、二〇〇二（講談社文庫、二〇〇五）を参照。

二一　ＷＡＶＥ６（二〇一〇－二〇一四年調査結果 ※最新のＷＡＶＥ７は原稿執筆時に集計途中 ）。World Values Survey. "Crossings by country. Study #906-WVS2010." Wave 6: 2010-2014. v.2015.04.18. www.worldvaluessurvey.org/WVSOnline.jsp. Accessed 29 September 2016.

二二　筆者が参照した全十六カ国のうち、「無回答」がゼロであったのは日本のみ。またＷＶＳ、ＷＡＶＥ６のテレビへの信頼度の結果は、新聞とほぼ変わりない。日本の場合は、テレビを「大いに信用している」との回答が五・三％、「かなり信用している」が六一・三％。オーストラリア、米国、ロシアなどで新聞よりもテレビを信用している割合が増えると、若干の誤差が出るものの、「世論調査」という母数（調査対象者）も少なく、クエスチョン・アンサーに頼るという調査方法の性質上、ここでは取り上げない。ただし、日本のテレビが、ニュース専門放送局をもたず、従来からの民放キー局がいまでも視聴される番組の中心であることを指摘するに止める。

二三　一九四八年のイスラエル建国宣言を契機とする第一次中東戦争（パレスチナ戦争）以降、中東の地で少なくとも七回の大規模戦争があり、いまもなおつづいている――第四次までの中東戦争で大国エジプトやサウジアラビアも、シリア、リビアを除く中東の国家は相次いで米国・イスラエルの軍門に降り、いわゆる「親米国家」に。レバノン紛争、湾岸戦争、イラク侵略戦争、シリア侵略戦争、この過程で米国から見た模範生であったイランでイラン革命〔一九七八、シーア派ホメイニ師を指導者として軍事独裁政権パフラビー王朝を打倒〕により宗教国家となったイランが反米・反ソ連に転向、イラン・イラク戦争（一九八八）の後にイラクが独自路線〔米国・イスラエルから見た反米〕に転向――蛇足ながら中東戦争は英語圏でアラブ・イスラエル戦争と呼ばれることもあるものの、地理で見た中東に位置するイランは、古代ペルシア国家であり、元来はゾロアスター教の地、民族的にもアラブ人ではない（イラクは古代ではシュメール、文字・法典誕生の地のひとつ、シリアはフェニキア、同じくアルファベット文字誕生に関わる重要な歴史的土地、ローマ時代末期にキリスト教が興った地、近代にオスマン帝国の支配下に、第一次世界大戦後フランス領に）。

二四　レヴィナス哲学（存在論・倫理哲学）の出発点は、ナチスの強制収容所で親族を失った経験、第二次世界大戦の徴兵時に捕虜収容所で経験したこと、収容された環境で考察したことにある。レヴィナスの倫理哲学（ここでは詳述しきれない理由によりレヴィナスの実存哲学をカントやアリストテレスによる普遍性の倫理学と区別する）が、日常誰もが考えそうなことを見事な哲学的論理により精緻なものとしているだけに、著者がないものねだりとして心残りなのは、ユダヤ人問題やユダヤ教の問いとは別のものとして、イスラエル国家による外交・軍事政策とパレスチナ人に対する内政とについても、同様に自らの哲学を活かして欲しかったということにある。もちろんひとりの生きる者としての言動は、レヴィナス哲学をいささかも傷つけるものではない。

二五　湾岸戦争（一九九一（平成三）年）以来、とりわけイラク戦争（二〇〇一（平成十三）年〜）を契機に、「テロとの戦争」の掛け声のなか、わたしたち米国同盟国の国民と政府は、中東及び北アフリカのイスラム教国家への侵略戦争をあからさまに行ってきた。湾岸戦争の世論支持の決め手となった原油流出の油の海で動けず死に行く水鳥の映像や、イラク軍蛮行の偽証をさせられた十五歳のクウェート少女（駐米大使の実子であることが後に判明）から十年でまた騙される世論であるから、大方忘れられているのではないかと危ぶまれるが、イラク侵攻、フセイン暗殺の口実が、二〇〇一年九月十一日の米国NYのWTCビルほか三件のテロリズムとされる事件の主犯者とされたオサマ・ビン・ラディンが匿われているということ、またすぐに事実と異なることが分かったものの、退任前のパウエル国務長官が国連委員会で証言した、イラク政府が大量破壊兵器を準備しているという流言であった（ほか、ユーゴスラビア紛争時の広告代理店に米国政府が依頼した「エスニック・クレンジング〔民族浄化〕」のキャッチコピー等と併せて拙著（原宏之『表象メディア論講義　正義篇』慶應義塾大学出版会、二〇〇八）で整理している。果たして「アラブの春」は……）。
こうして得られた利益が、戦費担当の〔第二次世界大戦の敵国であり敗戦国である〕日本に分配されることはまずない。獲得された古代文明の土地は、農業ビジネスに転じた枯葉剤製造会社（ヴェトナム戦争で大利益）などの広大な耕作地、遺伝子組み替え種子用の実験と耕作のための農地として提供される。また米国内での兵器製造業や民間軍事企業への公共投資。天然資源や生命の源である食事は、日本には水道業の民営化、種子法の廃止となり跳ね返ってくる。いつの時代の宰相も敗戦国ながらにうまくのらりくらりとやってきたものの、ここ十数年から二十年の日本（つまり自民党内の派閥・清和会が権力を掌握してから）は、ますます積極的に特定の外国に売り払われている。ヨーロッパも、それ以上に戦費の多くと空母や戦艦の母港を提供している日本も、現地のひとびとから見れば区別の必要もないだろう。

第四章　モードが骨董品となるとき

二六　ロラン・バルトは、『モード・システム』〔邦訳、モードの体系〕ほか、モード関連の著述を執筆するにあたり、方法論を尋思省察している。これまでのモード研究に欠けていたことを明らかにし、その穴を埋めることを指針とする。これまでの研究に欠けていたのは、歴史の「社会経済的な次元」と、「服飾と感性〔感受性〕との関連」との間を繋ぐパースペクティヴだとされている。服飾は、ひとつの時代の「規範形態」を表す。ただし、服飾には二重性があり、まずいまでいうモード界ないしファッション界というシステム内部での差異化や移り変わりの現象がある。だがそれだけではなく、社会の全体は、ファッション界のみならず、さまざまな構造界の集合であり、他の界との関係で変化すると、バルトは考えた。衣服の色やデザイン、生地などの「かたち」は、外部つまり社会の他の界との関係で「生成」をつづける。ただし筆者はといえば、このような部分要素と全体とからなる機械論的なシステムの考え方は、人間という実存を捉えるにも、世界という生成を捉えるにも、不十分であると考えている。社会のなかにさまざまな領域がありそれを界と呼ぶならば、界の全体と他の界の全体との有機的関連こそが、人間の存在様態が自己開示される場を把捉し、世界の動的構造を把握する一歩となるのであろう。Roland Barthes, «Histoire et sociologie du Vêtement. Quelques observations méthodologiques», in *Annales. Économies, Sociétés, Civilisations*, 12e année, nº 3, 1957, pp. 430-431, repris dans Roland Barthes, *Le Blue est à la mode cette année et autres articles*, coll. «Mode & Société», Édition de l'Institut Français de la Mode, 2000, pp. 27-28.

二七　パノラマ館から写真までのスペクタクルの生成発展のなか、「新物店《マガザン・ド・ヌーヴォーテ》〔流行物店〕」での実物実見売買、ウィンドウ・ショッピング（ないしジャスト・ルッキング）、イラスト紙や風刺版画挿絵本と、科学テクノロジーの産業への応用の原理は、《視覚中心社会》と《市場形成・拡大》、《アクチュアリティ》（時間的先行の競争）から成る〈後期近代〉を形成してゆく。

二八　柏木博『ファッションの20世紀』、ＮＨＫブックス、一九九八、など。同書は、コンパクトながら、モードの歴史と、デザインやビジネス産業の構造とを見事にまとめていて、最初の入門書としていまなお良書。消費社会についての分析、一九八〇年代の日本のカルチャーと政治の関係など、読み応えある。

二九　（英国）《(POPULAR STYLE) a style that is popular at a particular time, especially in clothes, hair, make-up, etc.》（*Cambridge English Dictionary & Thesaurus*）。ビジネス用語として、（A）「流行のもの something that is popular」、（B）「衣服、髪、靴など、新しいスタイルの製造や販売を行う業種」。（「社会で容認されるマナー、ルックス、ふるまい」の用法での定義が強調されることも

多いものの、Melliam-Webster などアメリカ英語色が強くなると、この定義項目はないこともある)。

三〇　英語の《fashion》は、フランス語《la façon》(仕方、流儀)の中世語形(*faceon*)から借用。判然としないところもあるものの、有力説ではラテン語の《*factio*》(党派、妄信的信奉)、《*facere, facio*》(つくる、する)が元となる。一四世紀に英語となってから、「作り上げる」という意味の流れも残っていた。

三一　「服飾の装い方として移り変わる集団の趣味」という意味が初出。«Goûts collectifs passagers en manière d'habillement» (1482), *Le Dictionnaire historique de la langue française*, Alain Rey (dir.), 3é édition, Le Robert, 2006 (※以下本文中では『ロベール歴史辞典』と表記する)。ラテン語の《modus》は、フランス語となるなかで、二つの語に分かれた。上記の説明は女性名詞「ラ・モード」についてのことであり、男性名詞の「ル・モード」もある。音楽用語や言語学・修辞学用語などの専門用語を除けば、一般にこちら男性名詞の「モード」は、「使用法(説明書)」や「生活様式」など、やり方、方法、様式といった意味を継承している。

三二　A.-J. Greimas, *La Mode en 1830. Essai de description du vocabulaire vestimentaire d'après les journaux de mode de l'époque*, PUF, 2000 (=1948, Th. État: Lettres. Paris. [non publié])

三三　一七八九年の革命で得た諸権利が一八三〇年の七月王政で現実の権利となる。王政下でのデモクラシーの部分的実現のこと。

三四　最も信頼できる現代辞書（*Le Grand Robert de la langue française*）では、一八二三年を初出として、「アクチュアルなものの性質、つまり同時代の関心が集まる事物に関連するものごと」と定義している。要するに、日本語で「時事」と言われること、時間的に最先端にある事々、後期近代の時間軸の最先端を金融市場が握っているとすれば、通貨レートや市場別平均株価や銘柄別の数字、あのディスプレイに刻々と点滅しては変わるものこそが、アクチュアリテの先頭にある。日本でいわれるニュース番組も、フランス語ではアクチュアリテ actialités、あるいは雑誌などでトップ・ニュースといわれる事柄も、アクチュアリテである。この複数形での用法は、一八四五年から流通。「当代風」、「時流の」といった形容詞のほか、後期近代が始まる一九世紀には、«d'actualité»（「先端の」）の慣用句を生み、先に引用した『グラン・ロベール』辞書では、《à la mode》（流行の）と同義とされている。例文は、「この本はもはや時流〔ダクチュアリテ〕ではない」。一八二〇−一八四〇年代にかけて、「流行」（la mode, l'actualité）の現象の興隆に寄与したのは、「新物店（流行物店）」のウィンドウ・ショッピングに象徴されるモード、衣服や小間物の消費革命だけではない。二〇年代には、フランス革命期の個人や集団が政治的意見を主張する〈新聞〉が、印刷業・技術の大産業化もあり、膨大な「情報紙」の場ともなっていた。一九世紀辞書として権威あるE・リトレ辞典は、名詞形のアクチュアリテを「新語」としている。いま各分野や社会全体の時間の先端にあり、ひとびとが関心を寄せているトップ・ニュースのことを、形容詞で「アクチュエル」と一八世紀に言い出したことから、名詞形ができたというのである。ことほどさように、「アクチュアリテ」

は神学用語と成り果て、社会はすでに世俗化していた。なお、一八三〇年代パリでの〈後期近代〉黎明期の具体的模様については、バルザックのコラムがある。このコラムについて分析した部分は、本章のもととなった初出原稿執筆時に紙幅調整の必要があり割愛した。興味のある方は、不便ですが「流行と大衆との〈ディスタンクシオン〉の起源——一八三〇年のバルザック」（www.cultura-animi.org/press/bird-of-paradise1/addenda/balzac.html）をご参照いただければ幸いである。現代社会を「構成」するものが、この〈アクチュアリテ〉でありつづけていることについては、次の文献も参照されたい。ジャック・デリダ、ベルナール・スティグレール『テレビのエコーグラフィー』（原宏之訳）、NTT出版、二〇〇五、第一部「人為時事性（アルトファクチュアリテ）」。

三五　Walter Benjamin, *Einbahnstrasse*, Rowohlt Verlag, Berlin, 1928, S.40.「一方通行路」には、本文に相応しての拙訳よりも、見事で読みやすい邦訳がある。浅井健二郎・久保哲司訳『ベンヤミン・コレクション』3、ちくま学芸文庫、一九九七。

三六　冒頭から断りなしに繰り返している〈後期近代〉の語について、紙幅の都合上、不親切ながらも若干の説明を。一八－一九世紀転換期のロンドン－パリ間に萌芽し、一八三〇年代のパリで開花する。著者独自の意味での使用であり、社会学で言われる〈late modernity〉とは関係なく、社会哲学や政治哲学で言われる〈late capitalism（der Spätkapitalismus）〉とも直接の関連はない。〈（世界）市場の形成〉、〈視覚（見世物、スペクタクル）〉の全般化が需要を生み、〈交通・通信網の発達〉が供給を支える。市場、視覚（見世物）、交通（通信）の三要素があいまって、金融資本主義へと繋がる〈社会時間速度〉の制度・テクノロジー・各分野競争（先行権利）上の〈加速〉が止まなくなる。加速度が累乗で増加するランニング・マシーン大衆社会。より大局的にみると、この間、国家資本主義に必要な利ざやを地球上の市場経済・資本主義が導入されていない余白地域に求め、「植民地」の確保。第二次世界大戦後、「西側陣営」のＯＥＣＤ加盟国が、世銀、ＩＭＦ、Ｇ５（Ｇ７）などで協調。一九七〇年代以降、「武力」から「通貨・為替」に切りかえて支配。グローバル化のかけ声の下、当然どこの国も豊かになりたいので、市場の供給側に参加。旧「先進諸国」グループの埋没といった流れで、現在に至る。以上、ごく簡潔ながら。

三七　Honoré de Balzac, *Œuvres diverses II*, édition publié sous la dir. de P.G. Castex et al., coll. «Pléiade», Gallimard, 1996, pp. 749-750.

三八　注九を参照。

三九　木村敏『木村敏著作集〈4〉――直接性と生命、イントラ・フェストゥム論』弘文堂、二〇〇一。『自己・あいだ・時間』弘文堂、一九八一（現在文庫版で容易に入手できる、『自己・あいだ・時間』、ちくま学芸文庫、二〇〇六）。

四〇　フェヒナーの法則では、もともと底は仮のものなので、ここでは常用対数で、最も使いやすい $_a$=10とする。K=定数は、音量、味覚、振動などそれぞれの刺激の種類と、対応する五感類との関係で異なる。現在では、対数の計算練習などで、視覚の動きで使われたことがあるらしい2.3を元に、2など恣意的な数字で用いられている。対数は積分で導かれる。実際の実験で用いられるならば、$p=log_{a}M$（$M={}_{a}p$）の真数M（=E）として必要な刺激量が計算される。

四一　1.81（10^{38}）、100 × 1.809839239466°（〈log_{10} ≒ 0.04139〉、（1.1）$log_{10}R$）。

四二　ただし、この計算は最初の刺激と成った色彩や光、音のスペクタクルを、そのままの構成と形態とでつづけたときに、E（感覚量）を充たすためのものである。同じスペクタクルを進展させたときの各要素の増加に限定されている。新しい物語仕立てや新しい刺激（感覚要素）を加えてしまうと、「別の刺激」と認識される。そうだとしても、一時代に使えるスペクタクル・ショーのための感覚要素を演出する技術、テクノロジー、媒体や放送・通信の伝達手段は、さほど大量にあるわけではない。広告にしてみても、使える手もちの札は同じで後は工夫での競争となる。そうしてみれば、上記の必要な刺激量の増加は、ここ百八十五年のメディアやスペクタクル、商品や広告で進展した事態を想像するには的外れでもないと思われる。

四三　量と質の混同は、ベルクソン『意識への直接与件』（一八八九）での基本的な批判対象であり、フェヒナーの例は大きく取り上げられている。生《なま》の知覚にも意識にも媒介されないいわば内的なセンス・データ現象（対象を内的イメージとしての意識の側に措く）の認識論を展開した同書での、ベルクソンによる「質」を「量」に還元できないとの前提に、筆者は一点の曇りもなく同意している。ただし、誤解してならないのは、ベルクソンは、一九世紀の精神物理学（本来の科学的心理学）はじめ、一八世紀末より学問上無視することのできなくなった自然科学を真剣に受け止めていればこそ、科学の盲点を指摘するという哲学の新たな役割を模索しているのであり、同様にバートランド・ラッセルなど英米分析哲学と同じ対象に関心を寄せているからこそ自らのアプローチとの違いが批判の対象となるのである。この意味で、ベルクソンをフェヒナーや、もちろんダーウィン、とりわけ物理学及び数学と対立させたり、ラッセルと対立させたりすることも誤解にほかならない。ハイデッガーか、カッシーラーかではなくて、ベルクソンもまた、ハイデッガーと（科学に対する態度で）一見正反対に思われても、同様に哲学の新たな道を切り拓こうとしたのである。Henri Bergson, *Essais sur les données immédiates de la conscience*, édition critique dirigée par Frederic Worm, PUF, 2013（※邦訳は、合田正人・平井靖史訳『意識に直接与えられたものについての試論』ちくま学芸文庫、二〇〇二、ほか複数ある）。

四四　このショーの様子は、Fashionmag のウェブサイト上で観ることができる。http://fr.fashionmag.com/videos/video/16656,Saint-Laurent-collection-FEMME-Automne-Hiver-2016-17-a-Paris.html#.V3uDMFd_pyo

四五　ソースティン・ヴェブレン『有閑階級の理論』（高哲男訳）、ちくま学芸文庫、一九九八、（小原敬士訳）、岩波文庫、一九六一、ほか、ヴェルナー・ゾンバルトの一連の経済理論も〈後期近代〉を考える上で参考となる。

四六　ガブリエル・タルド『世論と群衆』（稲葉三千男訳）、未來社、一九八九、『模倣の法則』（池田祥英・村澤真保呂訳）、河出書房新社、二〇〇七。またギュスターヴ・ル・ボン『群衆心理』（桜井成夫訳）、講談社学術文庫、一九九三、など。なお、タルドの情動論とデジタル・メディア時代の関係については、伊藤守『情動の社会学——ポストメディア時代におけるミクロ知覚の探求』青土社、二〇一七が優れている。

四七　京都服飾文化財団（KCI）による「Future Beauty——日本ファッション：不連続の連続」展の公式図録（KCI, 2014）を参照。以下、同図録を略記［FB］とする。

四八　以下、山本耀司の公的・私的領域についての記述は、断りのない限り「【インタビュー】23歳の記者から山本耀司へ37の質問」（『WWD JAPAN.com』二〇一六年七月三一日）にほぼ依拠している（https://www.wwdjapan.com/focus/interview/designer/2016-07-31/17486）。なお、ドキュメンタリー映画、*Yohji Yamamoto: This is my Dream* (directed by Theo Stanley, 29 mins, USA/Japan, 2011) では、山本自身が、爆撃された敗戦後の日本に生まれ育った思いをことばにしている。また、本稿で述べている社会環境やメディア発達の進展が、どのように服飾文化の変貌と関連しているのかは、以下のインタビュー記事での山本のことばを読むことで、より理解されるのではと思われる。«Yohji Yamamoto Off the Cuff», by Amanda Kaiser, WWD, September 28, 2012 (http://wwd.com/eye/people/yohji-yamamoto-off-the-cuff-6348113/).

四九　責任ということで言うならば、母の暮らしを楽にするため、慶應義塾大学の「法学部」に、収入の安定した職業に就くため進学したこともそうだろう。いまの時代、就職のために大学に進学する若者の方がマジョリティである。だが、当時の日本の大学進学状況はそうではなかった。山本は、絵を描くことが好きで、美術を学びたかった。でも、家計への責任から東京藝大を諦めて、いつの時代も就職がよいと言われていた法学部に進む。親に強制されてのことではない。主体的に、責任と向き合い、ある種の負債である恩に報いることを選択した。

五〇　Leisa Barnett, «YAMAMOTO'S PEACE PROJECT», VOGUE UK, 28 April 2008（http://www.vogue.co.uk/news/2008/04/28/yamamotos-peace-project）.

五一　『SWITCH』vol. 33 - n°3、特集・COMME des GARÇON、スイッチ・パブリッシング、二〇一五年二月。

五二　同誌同号、p.37。谷川俊太郎の連作は、同じくpp.10-15に掲載。

五三　*Friedrich Nietzsche, Werke in drei Bänden. Bd. 1,* Karl Anna Schlechta (Hg.), Carl Hanser, 1982 (1954), S. 238.

五四　注一四のURL掲載のWeb原稿をご参照ください。

五五　Martin Heidegger, *Sein Und Zeit*. Klostermann. 1977.

五六　西谷修『不死のワンダーランド』青土社、二〇〇二。

五七　Jean-Paul Sartre, *L'Être et le Néant. Essai d'ontologie phénoménologique*, Gallimard, 1943 ; Arlette Elkaïm-Sartre(éd.), *Vérité Et Existence*. Gallimard,1989.

五八　《超後期近代人》となれば、あなたの肩に鷲が舞い降りてくるかもしれない。いま隘路を阻む梟が極楽鳥に道を譲るかどうかは、わたしたちが決定する針路しだいなのである。*Id., Also sprach Zarathustra, op.cit.*, Bd. 2, 1955 (1883-1885), S. 275-561, vgl., also, G. W. F. Hegel, *Grundlinien der Philosophie des Rechts, Werke Bd. 7*, Suhrkamp, 1986 (1821). S.28.

五九　ベンヤミンが、「ベルリンの幼年時代」と呼び、ユダヤ人迫害から逃れるためパリに一家移住する前、骨董商を営んでいた父の下、近代化の波を都市全体がめくるめくパノラマとなったかと目を輝かせた時代を、自らが蒐集家にほかならないことを宣言するかのように、古い写真アルバムをめくるかのように記述したのは、なんとすでに一九〇〇年当時のベルリンのことなのである。

六〇　Henri Bergson, *L'Évolution créatrice*, Éd. PUF, coll. «Quadrige», 1996 (1907), chap. II, pp.138-140〔邦訳『創造的進化』（合田正人・松井九訳）、ちくま学芸文庫、二〇一〇、（真方敬道訳）、

岩波文庫、一九七九)。またアンドレ・ルロワ＝グーラン『身ぶりと言葉』(荒木亨訳)、ちくま学芸文庫、二〇一二、を参照。

六一　藤岡和賀夫『さよなら大衆』PHP研究所、一九八四

第五章　後期近代と大衆の反逆

六二　柄谷行人『世界史の構造』岩波書店、二〇一〇。

あとがき

本書ではふたつのテーマが交差している。ひとつは、一八三〇年代のパリに始まり世界へと広まった〈後期近代〉の経済社会の行き詰まりであり、もうひとつは日本語の急激な変容のなか、とりわけ片仮名語の氾濫である。日本から見ればどちらも近代化と関わっている。グローバル史の時代で言えば、日本の近代化は後期近代に生じた開国、つまり世界市場・国際社会への参入と重なる。〈後期近代〉は、さまざまな問題を抱えている。しかし本書ではまずその前に、開国したとは言っても相変わらずの世界の田舎者である日本という村社会の状況を一度真剣に反省してみるべきではないかと、あえて痛痒を感じさせるような不遜な物言いも多く記してみた。

第二章と第三章は、ある大学院生たちの教育用に書いたものから、一般的な話題を分かりやすく全面的に書き換えた。第四章は、『Fashion Talks …』誌第四号（京都服飾文化研究財団）に原閑名で投稿したエッセイを本書の内容に沿うように全面的に書き直したものである。

書肆水月さんには、編集から刊行まで、労苦を厭わぬ親身なるお世話を頂いた。ここに感謝申し上げるしだいである。著者をこれまで育てて下さった歴代の編集者諸兄姉にもお礼申し上げたい。

令和三年三月五日

葉良　沐鳥

メディアの海の荒磯に佇む子供のように…、原宏之君のために

西谷　修

本書は原宏之の遺稿である。偶然にそうなったというより、そうする意思のもとで書かれまとめられたものだろう。原君は一年延期になった東京オリンピックの始まる一月ほど前に、つまり長引くコロナ禍の下、繰り延べられた架空の二〇二〇年という年の初夏に紛れるように他界した。人の生を歴史に投錨する時間（年号）さえ、いまでは政治社会的な都合によって留め置かれる、あからさまなフェイクにされている。だが、その時間は原君にとっては身をひそめる機会だったのかもしれない。だからこの本の著者は葉良沐鳥と名乗っている。それがこの世にメッセージを残した原宏之の長い影の名前なのだろう。

原君と書くのは、本来なら彼の方こそ私の遺稿に餞を寄せるべき立場なのに、その逆を私にさせることになったからだ。原君に出会ったのは、勤めていた明治学院大学フランス文学科の学生としてだった。一方でまったくアカデミックでない「ふつう」の生活感覚を帯びながら、繊細鋭利な知的関心を広げてそれを言語化しようとし、恵まれた躯体の内にある傷つきやすさを抱えたこの学生のぎこちなさにも親しみを覚えて、ゼミに所属していたわけではないが、その後なにくれとなく駄弁に応じ相談にも乗るようになっていた。

原君はその後、東京大学大学院の言語情報科学研究科に進み、言語情報・メディア・コミュニケーション論等を研究をすることになった。かつてなら哲学が包括的に扱っていた諸主題を、そのいわばマテリアルかつフォーマルな土台から方法的に扱おうとする新しい（現代的な）アプローチである。記号としての言語、イメージ、その操作と効果、それらの重層的メディア（媒体）としての捉え直し、そして記号を生きる人間の主体的かつ社会的なコミュニケーション、等々の観点から一般的かつ具体的な思考・思想の問題を扱う、と言っていいだろうか。

それは原君の嗜好・志向にもたいへん適っていただろう。傷つきやすいアモルフな「自己」を社会的コミュニケーションそのもののベースである記号・メディア的な次元に

パリの街角で

解体し意識に映し出し、そこから自らの生きる「世界」——というよりときに圧迫的にも働く「環界」——との関係を、捉え直し編み直しながら表現してゆくことになる。それが必ずしも「社会」との協和を生み出すものにはならなかったとしても、原君の〈生〉ではあった。彼の世界との関係の表出であるとともに、誰に宛てられたというのでもない、むしろ宛先自体を作り出そうとする「世界」へのメッセージでもある。

いざとなるとたいへん饒舌でもあった原君は、デリダやシュティグレールといった先達たちの論議を追いながらアカデミックな論文も多く書いているが、行きついたところはそのような、ありうべき「パブリック」に向けた「プライベート」なメッセージだったのだろうか。しかしそのメッセージの性格が、意識的な活字メディアと情緒的なデジタル情報とが無差別に流通する現代のメディアの一般的状況に、薄皮一枚で照応するものだったとも言えるだろう。その状況に確かに紛れて漂うことを引き受けた原君を、漂流から救い上げようとしたのは、これを書物の形で遺そうとする伴侶でもあった編集者の原千雅子さんである。

つい先日亡くなった、ジャン＝リュック・ナンシーが示したように、存在はまずもって"étre-avec"であるとすれば、原君の既在も、この本の存在も、それを無条件で引き受けた千雅子さんの「リレー」によって成り立つ。そうしてみれば、生きることの困難をメディア・コミュニケーションの問いとして考え表現しようとし続けた原君の、果てることのない未完了の生も、それに形を与える伴侶の「分有」によって、こよなく充実した「善き」ものとして完結するのではないだろうか。
原君を気にかけていた批評家の加藤典洋もすでにいないが、彼が著書の標題に引いたカフカの断章「君と世界の戦いでは、世界に味方せよ」という言葉がいつも脳裏に浮かぶ。デジタル・ヴァーチャル化の今では人間の漂うのは宇宙空間かもしれない。だが、原君にはむしろ言葉の大海が似つかわしく、その大海に託された一本の瓶のように、この本が漂い届く汀の多かれと祈念するばかりである。

（東京外国語大学名誉教授）

編集後記にかえて

葉良沐鳥が、その名の示す通りこよなく愛でた野の鳥たちの囀りのなかで、彼が遺した最初で最後のエッセイを編む作業は進んだ。遺稿であるという事情から、内容にはあまり手を入れることなく、ときに長く難解な文体も多くはそのまま生かした点をお汲み取りいただきたく思う。折しも、葉良がそのゆくえを見届けることなく旅立った東京オリンピック・パラリンピックが相次いで開催され、新型コロナウイルスの影が依然街を覆うなか、二十年の時を経て急展開するアフガニスタン情勢が世界を揺さぶり、わが国政府は「稼げる大学」の旗を悪びれもせず掲げると言う。メディアが伝えるこれらのアクチュアリテに、本書ではあえて不遜な物言いもしたと語る「日本語ポリス」はいかなる苦言を呈していただろうか？ と想像してみずにはいられない。

去る四月に刊行された『後期近代の哲学❶ 後期近代の系譜学』の続巻となるはずであった「理性の敗北」とのテーマを、わたしはすこぶる気に入っていた。その大仕事が成され得なかったことが惜しまれてならないが、この短いエッセイが、ひとびとが社会のありようを、是々非々で、自ら立ち止まり考察することの小さなきっかけになればと願う。そしてまた、ある年の冬、シャトーブリアンの自伝を抱えて唐突に現れ、いつの間にか生を駆け抜けた、終生書に埋もれ学び、書くことを愛した伴侶の「原らしさ」とでもいうものを、彼が強く望みながら再会叶わなかった数多くの皆さまに届けることになれば幸いである。その紛れもないお一人であり、原の代表作『バブル文化論』（慶應義塾大学出版会）のあとがきにも登場する「黒の革のつなぎの恩師」にも、心よりの感謝を。

書肆水月

いつでも、Coffee and Cigarettes。
あのイギー・ポップとトム・ウェイツ、
すてきだった。

お正月が大好きでした。手づくりおせちに舌鼓。
着物で行きたいと言い張り、颯爽と新橋演舞場へ。

新年の恒例行事、ガレット・デ・ロワでは無敵の
連戦連勝。小さい子のように、山ほどのフェーヴが。

空色【そらいろ】

晴れた空の色のような、明るい青色

Sky Blue

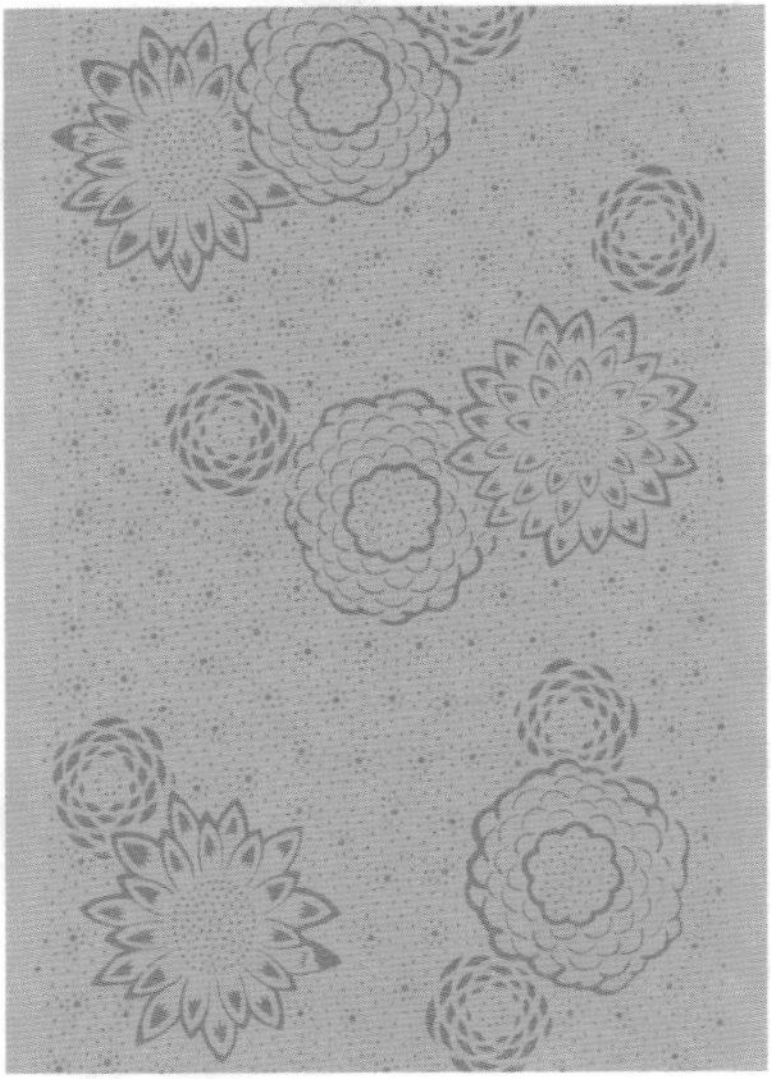

鬱金色【うこんいろ】

鬱金草の根を用いて染めた鮮やかな黄色

Dandelion

青幻舎『和ごころ素材集 江戸の文様と伝統色』より

葉良 沐鳥（はら しずどり）
作家・哲学者。元ポンピドゥー・センター付属研究所客員研究員。
著書に、原宏之の名で『バブル文化論』（慶應義塾大学出版会）など多数。

空虚の帝国

2021年9月30日 初版第1刷発行

著　者　葉良沐鳥

発行所　書肆水月
413-0231 静岡県伊東市富戸 1083-14
TEL. 050-3503-7136
http://www.cultura-animi.com

装　幀　グレース・ミル
印刷・製本　株式会社　精興社

ISBN 978-4-9911402-1-1 C1095